U0801141

诗野游牧

陈　超　著

陕西新华出版传媒集团
陕西人民教育出版社
·西安·

图书在版编目(CIP)数据

诗野游牧 / 陈超著 .—西安:陕西人民教育出版社,2015.5
(当代新诗话 / 沈奇主编)
ISBN 978-7-5450-3645-9

Ⅰ.①诗… Ⅱ.①陈… Ⅲ.①诗歌评论—中国—当代—文集 Ⅳ.①I207.22-53

中国版本图书馆 CIP 数据核字(2015)101793 号

SHI YE YOU MU
诗 野 游 牧
陈 超 著

出版人 黄平利
策　划 田和平 马晓侠
责任编辑 阎 婷
责任校对 王 莹
装帧设计 沈 斌

出版发行 陕西新华出版传媒集团 陕西人民教育出版社
(西安市丈八五路 58 号 邮编:710077)
印　刷 中煤地西安地图制印有限公司
开　本 787mm×1092mm 1/32
印　张 7.5
字　数 145 千字
版　次 2015 年 7 月第 1 版 2015 年 7 月第 1 次印刷
书　号 ISBN 978-7-5450-3645-9
定　价 34.00 元

陈　超

1958 年 10 月生于山西省太原市，2014 年 10 月不幸逝世。生前为河北师范大学文学院教授、博士生导师，北京大学中国新诗研究所特聘研究员，《新诗评论》编委，首都师范大学中国诗歌研究中心学术委员会委员，河北省作家协会副主席。

主要学术著作有《生命诗学论稿》、《打开诗的漂流瓶——现代诗研究论集》、《20 世纪中国探索诗鉴赏》（两卷本）、《当代外国诗歌佳作导读》（两卷本）、《中国先锋诗歌论》、《游荡者说》、《精神重力与个人词源》、《诗与真新论》、《个人化历史想象力的生成》等。出版诗集《热爱，是的》、《陈超短诗选》（英汉对照）、《夜烤烟草》等。

2000 年获《作家》年度诗歌奖，2005 年获中国作家协会第三届鲁迅文学奖，2008 年获第六届华语文学传媒大奖。

本书为作者生前精心编撰的“诗话”集，遂成其高卓绝响之作。

从“游荡”到“游牧”

——《诗野游牧》谨序

霍俊明

陈超先生是我的老师。他的新著《诗野游牧》即将出版，嘱我写序，我真有些惶惶然。电话里，我说：“哪有学生给老师作序的，岂不坏了规矩？”陈超说：“游牧，还要啥规矩。”好在交往多年，彼此相知甚深，我理解陈超一贯的“游牧”性情，遂写下我对此书的观感。

在我看来，这本书不是临时起意向传统“诗话”的致敬，而是陈超多年来自身诗学建设本源性的一部分。这种“现代诗话”的方式，是直接关乎生命与词语和诗歌精神之间相互打开的方式，是趣味，是性情，也是个人诗学的信仰。而早在他二十多年前出版的《生命诗学论稿》(1994年版)的某些章节中，就已采用了“现代诗话”的话语方式。在他笔下，词语和精神凛冽而温暖的相互激发，性情与知识的彼此映照，经验与感应的契合，理性与感性的对应，敏感与自持的有效性平衡，每每使我相信诗歌对于生命经验和某种艺术“真理”的重要性。陈超对一些毫无审美感兴和趣味可言的掉书袋式的学院派，高头讲章式的唯理论和体系的诗歌研究，一直保持着审慎的省察和警惕。正因如此，他独特的诗歌批评文体、话语魅力和趣味、性情，久为诗坛津津乐道。记得1999年，24岁的我平生第一次离开故乡来到石家庄，那一年一场接一场的罕见大雪恰好配合了我无比孤寂的内心。一本五年前出版的暖黄色封面的《生命诗学论稿》，在那年溽暑、深秋和寒冬的每一个黄昏，给我带来激励与从未有过的感动。那时我对于自己的前途几乎一无所知，在漫天的雪花中我期待着冥冥之中的馈赠与掠夺。

“现代诗话”的言述方式，对陈超而言并不是新近的尝试，而是他多样的诗学话语方式中的一种。十五年前，当我第一次翻开《生命诗学论稿》第一页的时候，就在笔记本上抄下了其中的一句话：“诗歌的理论乃是生命的理论。”它也为我此后的诗学研究和诗歌写作奠定了基础。“现代诗话”，这种直接开启生命深处秘密和诗歌技艺奥秘的批评方式，正是真正意义上的“生命诗学”。它给陈超带来的是新的动力和书写的活力与欢愉。我以为，陈超在写作严格的学术性理论批评著述的同时，依然长久倾心于“现代诗话”，在很大程度上与陈超作为一个优秀并且重要的诗人密切关联。正如诗人伊沙在《新世纪诗典》一书中所说：“陈超以诗评称著于世，却一直在写诗——我将此理解为真爱。我以为，他的诗是专业诗评家中写得最好的，这确保了他在将近三十年的时段里始终是中国当代最具实力的诗评家。”陈超说，他写诗话像吃哈根达斯，爽快，沁甜，有热量。的确，没有对诗歌创造的秘密和深隐的意趣深有同感和兴会彻悟的人，没有对诗歌创造的细节和蛛丝马迹、草蛇灰线抱有探幽烛微能力的人，没有对诗歌的闪电具有探雷针一样敏锐和领受力的人，是不可能产生这种虽近乎于“诗话”但又具有明显现代性、差异性的诗歌批评话语的。

从某个角度说，“现代诗话”这种特殊的话语方式，在很大程度上是不满于常规意义上的印象式“诗话”的，尤其是对于那些倾心于复杂的修辞技艺和智力空间博弈的文本而言更是如此，它们需要真正内行的一针见血。而正是陈超这种特殊性的诗歌批评话语方式，形成了其难以替代的专业性、有效性和独特的诗学难度。这使我想到了当年的李健吾先生。他精敏的感悟式的批评方式，无论是在当时还是今天看来，都算得上是绝对的“少数”或者“异秉”者。也就是说，对于没有特殊的诗学禀赋、创作心得和“细读”能力以及澡雪性情的人，这种方式不得为之，也不可能为之。而这在陈超以一人之力，为中外现代诗所写的140多万字的细读和鉴赏[《20世纪中国探索诗鉴赏》(1989年版)，《当代外国诗歌佳作导读》(2002年版)]的过程中也曾得到了淋漓尽致的凸显。我以为，陈超的诗歌批评就语言而言，是中国诗歌评论家中最为“讲究”和具有难度的。在他那里，“新诗学”也是一种特殊的“写作”，一场语言的挖掘和实验。从学生时代至今，读他的文字，我感到他几乎对每一个关键的词语都经过了反复的推敲和淬炼，而奇妙的是，他的文字并不夹缠、晦涩，在保持高度、精准度和直入腠理的同时，葆有着语言自身的明快和生成性趣味。

当然，我这么说并不意味着“诗话”就比其他批评方式更高级，而是说这种特殊的话语方式对批评家自身的要求更高，非身兼诗人和批评家双重角色的内行难以为之。“诗话”的长处是吉光片羽的闪现，简隽的词语与机心妙得的个人修为，确实能够直指诗歌这种特殊文体的核心。但是，诗话在一定程度上也容易造成因话语“缩小”方式所带来的“整体性”架构的丧失和弱化。我以为，作为诗人批评家的陈超，老练地避免了这种险境，他的“现代诗话”以内在的连贯性，深化了诗歌艺术神完气足的“整体性”，它们秘响旁通而完整地表述了陈超对诗与思的个人化认知。这实际上是对批评家自身的生命活力、语言才能、性情趣味的超高难度的考验。陈超不仅经受了这种难度（有时是噬心）的话语考验，而且还同步领受到写作过程的快乐与慰藉。

《诗野游牧》所体现出来的批评话语的心态和心境也是深有意味的。与其他优异的诗评家一样，陈超在其主要的诗学论著，如《生命诗学论稿》《打开诗的漂流瓶——现代诗研究论集》《中国先锋诗歌论》《游荡者说》《精神重力与个人词源》《诗与真新论》《个人化历史想象力的生成》中，所体现的当代知识分子特有的沉思、忧患以及担当意识是非常明显的。陈超在这些著作中，体现了并不轻松的批评过程，在特殊的历史节点上，这些文字表达了当代知识分子内心和时代的双重阵痛、分裂、震荡与转捩点。这正是陈超所说的在“求真意志”的驱动下，对灵魂和语言困境的双重揭示的艰难过程。而到了这本《诗野游牧》，如此诗意、机敏、率性、舒朗、轻逸的言说方式，则给几十年来的诗歌批评话语模式带来了旺盛的活力和可能的话语新空间。

从“游荡”到“游牧”，我仿佛看到一个让人心醉神怡的场景：一个中年男人骑着一匹白马，手持诗卷，腰间斜挎芳醇的

“草原白”，在葱绿的花香四溢的草原上游牧，随心所欲之地处处是自然而惊心的风景。正如陈超所说，这是在寻求一种差异性、局部性、偶然性和“无政府状态”的表意策略，像是一场自由、开阔、流荡、丰富、散逸而鲜润的“游牧”。而在作为学生和朋友的我的记忆里，这种细微、自然、原生、随性、独到、独立的话语方式，无论是最初在《诗与思》(札记)(1987—1989)、《蓝皮笔记本》(1987—1995)、《塑料骑士如是说》(1997)中展开的“诗话”实践，还是全面体现于这部《诗野游牧》的成果，它们是难以被模仿的，因为它只能属于诗人批评家“少数中的少数”所为。

当然，从“游荡”到“游牧”，其间的转换过程并不像看上去那么轻松。多年来，这两个批评者形象一直在陈超的诗歌研究和写作中共时性存在或曰平行游走着。“游荡”多为痛苦、孤独与沉重，而“游牧”的诗意、宽怀、放松和任性，显然更带有审美快乐主义和个体诗学乌托邦的意味。在二者之间保持张力，在过渡地带往返和跋涉，正是陈超多年来诗歌批评的重要姿势。对于这种“游牧”式的“现代诗话”而言，陈超真正做到了“少就是多”。看似词语和句段容量紧缩的过程，实则展开的是一种开阔和鲜活。这正如茫茫大海上撒网的过程，收放自如，缩进然后敞开的过程正对应了其“诗话”的本质。对陈超来说，“游牧的诗学”既是一种特殊的创造性写作，也是一种特殊的观照世界的方法。如此，它也成就了诗歌批评与其对象的契合，“诗有别材、别趣”，诗话亦有“别材、别趣”焉。至于陈超的诸多“以诗论诗”的诗作，更近乎一种众多批评家难以企及的创设。这更印证了诗歌写作的才能在陈超诗歌批评里的彰显，即诗歌批评与诗歌写作之间的特殊关联——相互补充、相互借重、彼此观照。正如诗人臧棣在《纸上的诗歌博览会》一文中所言："陈超的文字显示了一种特殊的批评上的严格，它们既照顾到了批评的洞察力，保持它的应有的犀利和敏锐，又呼应了我们对诗歌阅读的快乐的内在吁求，做到了从容自如，舒放有致。"

《诗野游牧》无论是在现实的雾霾中还是在诗歌批评的践行中，都显得如此清新、可贵、难得，当然也更携带着难以想象的难度。我希望我的老师和朋友，继续骑着白马在逐水草而居的路上缓缓前行，任意东西。其实说到底，精神的快意"游牧"，与复杂艰辛的"游荡"同等重要。关键是很多人并不具备这种"游牧"的能力。而像陈超这样同时具备精神重力的"游荡"和轻逸欢愉的"游牧"能力的人，无疑是这个时代批评场域中的一个奇迹。

是为序。

2014年4月15日

目录

第一辑

诗艺清话

1

对诗，我们采取什么态度最好？有个老老实实的道理值得每天重温：把诗当诗。让诗说出那些只能经由诗才能说出的东西。

诗就是诗，任何时候、任何情况下诗人都应记住这一点。诗毕竟只是诗，它永远应该是让人梦萦魂牵的东西。一个诗人的尊严，或是有尊严的诗人，首先体现在对诗的艺术本身的信义承诺。

读诗、读诗，读的是诗。因此，最佳的诗歌阅读，就是记住“我读的是诗”。不要小瞧这一点。没有这一点，就谈不上对诗歌真正的阅读。

对这一点，古今中外真正的内行有着共识。严沧浪曰：“诗有别材，非关书也；诗有别趣，非关理也。”“不涉理路、不落言筌者，上也。诗者，吟咏情性也。……故其妙处透彻玲珑，不可凑泊，如空中之音，相中之色，水中之月，镜中之象，言有尽而意无穷……诗道唯在妙悟。”（《沧浪诗话》）读诗之道亦在妙悟，让它激活你的审美感兴、感性、直觉，使你感受生命的情趣。

为什么说诗“言有尽而意无穷”？因为可以言尽的是意义，而生命的情趣是不可言尽的。

糖的化学成分可以言尽，“甜”你怎么言？

2

诗歌是感官经验、生命情绪与活泼泼的心智相遇所产生的审美趣味，而不是僵硬观念的推演，哪怕是“正确的观念”。审美趣味，趣味，还是趣味，这是真诗与赝品的分野。

指月亮的手不是月亮，给诗歌下的定义也不是诗歌，很难给令人迷醉的东西下严格的定义。诗不是凝固的“存在物”，而是“去存在……”过程本身。

3

对于诗歌写作来说，训练、专注、沉湎、教养，如此等等，是必要条件，但还有一个决定性的致命条件——我应该直接说吗？——天才。

可叹的是，没有对诗歌的审美敏锐感也是一种“天生”，对这样的人，任何知识、修养都帮不了忙。

纳博科夫说，无论现代还是古典，优异的文学其实只有一个流派，就是天才派。

4

海德格尔说：“艺术把真理固置于个别的事物。”这句话对外行和内行，语义重心是不一样的。外行认为，这里的关键词是“真理”，内行会认为是“个别”。

没有大视野的诗人，其实不会发现真正有力量的细节。

5

单就情感经验的提供而言，好的诗歌，或启人心智，或给人安慰，或让人活得更自觉；或抚慰你，使你觉得生命的困境是难以逾越的，我们不必再自我折磨。但所有这些指标背后，还有一个总指标，就是作者应该是一个有性情的、有语言才能的、有趣的人。无论表达什么，诗，首先要吸引人看下去，得有活力和趣味。无趣的诗，读几行就会厌倦，用不着读完。

6

诗歌可以追求“深度”，但不能以趣味、活力和技艺的让步为代价，这正是一个纯粹的诗人与借用诗歌来“说事”的诗人的根本区别。

诗人叶芝说，智慧是一只蝴蝶，不是阴沉的食肉兽。

纯粹的诗人是美丽的，值得信赖的，他们使诗歌恢复了骨子里的纯正性。让我们相信，趣味、活力和技艺会带来诗歌意味的富足，让我们在乏味的时代挽留住审美趣味这一恰如其分的财富。

趣味、活力和技艺，是写作欢愉的保证。欢愉消除了话语权势，欢愉恢复了汉诗曾有过后来被中断了的生命血色素。有趣味的诗，有效地避免“滥情”与“说教”两大宿疾，让我们得以从一个具有美好性情和心智的诗人眼里去看看人生。

蜜蜂采蜜，同时也给花授粉。诗人劳动的快乐，就是蜜蜂似的美丽的快乐。诗人应有能力来胜任快乐。

7

旧体诗的基本语义单位是句子，而现代诗的基本语义单位却是词语。在此，每个词被迫变得格外敏感，关键处，如果一脚踏空，全盘皆输。

8

诗歌之美主要不在于传达某个语义信息，而是它的传达方式值得我们沉浸、赏玩。所以，内行的欣赏者不太重视"诗所言"，而更喜欢注意"诗怎么言"。

"诗者，志之所之也"，后面这个"之"，是强调情志言说的过程与方法，它才是秘密所在。卡勒说："语言的非语义特点是如何发挥作用的？它们具有什么样的效果——无论是诗人有意识、还是无意识的？可以在语义和非语义的特点之间期待什么样的相互作用？这就是写诗与读诗的秘密乐趣所在。"

诗歌引起我们对语言的特殊沉浸，惊愕，惊喜。当语言偏离了实用性，而带给我们喜悦时，诗现身了。

9

与那些自诩"有教养的"读者、批评家一样，我也喜欢"深刻"的诗歌。不过我看中的是它的趣味、活力和技艺。这么一来，喜欢的原因就颇不一样了。我说，恰好是为了使诗歌更有趣味，诗人需要在其中涉入更复杂深邃的意义；恰好为了满足诗人对写作技艺的高难度游戏，他必须对心灵的幽秘有更多的发现。可以这么说，趣味、活力和技艺，其实也是对诗歌深度的考验，同时也检验着诗人对艺术的真诚。

“深刻”可以名实不符，趣味、活力和技艺却总是表里如一。

10

不只是你怎样看世上万物，还有万物怎样看你。诗人的高下在此见出。

11

诗歌是需要高度专注的语言艺术，与小说家不尽相同，在特定意义上说，诗人不仅需要“开放”信息，同时更需要必要的“自我封闭”，凝神，静心默想。

12

唉，闲暇不能保证写出好诗，但写诗需要真正的闲暇时段。对我来说，只有闲暇才能带来持久的专注、凝神。

好久没有时间写诗了，心里难过。但即兴为之，心里同样失望啊。

13

呈于境，感于目，亲乎情，切于事，会于心，达乎灵。简单吗？不，这就是最难得的诗歌。

不要强行推销你的惊世骇俗和歇斯底里，写一首虚假的诗，往往是在作弄自己。

我说，诗歌要有活力、生气灌注，我要的是活力和生气，而不是瞎抖机灵、不消停。此言唯真诗人懂得。

14

不要用舞台上矫揉造作的范儿写诗。不要使用与你腻友调侃时的轻佻语调。诗是与处于喑哑之地的潜在知音的交流，要质朴、谦逊、诚恳，还有一点点羞怯的自我克制。

15

从精神分析的角度看，写诗这件事无疑源于诗人的极度自恋。而诗人最令人讨厌的品质，恰恰就是自恋，自恋，还是自恋。

天哪，身为诗评家，我看到过多少自恋的家伙！谁愿意陪着你自恋呢？记住，要把自我迷恋转换为对诗本身的专注和沉浸，这样才可能写出真正的好诗。

艾略特比之华兹华斯，并非更不自恋，其间的区别是，艾略特知道这一点，并提出“非个人化”。

16

有人说，在“读图时代”，现代诗出局是必然的。我以为，恰好是读图时代，现代诗更有用了。现代诗的隐喻、暗示性，是画不出来也拍不出来的。你可以画、可以拍花开，但“通过绿色导火索催动花朵的力，催动我绿色的岁月”，你怎么画？画一只炸药包在花丛中爆炸？

诗歌有鲜润的感性，同时有形而上的灵魂体验，而且它们总是化若无痕地融会为一体。所以，图画和诗，各有胜境，不可妄言谁取代谁。

17

写作不是描摹世界的表象，而是让“存在现身”。诗人不应照相式地反映事物，而要潜入对象的内部，将对象“从它自身中解放出来”，让他所创造的世界替他说话，达到心与道合的天地同参之境。

诗的神秘性不在于诗的措辞（从措辞上看，许多好诗反而是朴实明澈的），而在于存在本身的神秘。诗人毋庸去制造更多的玄想，他对着感知对象凝神领悟，直到对象向他走来，并“要求”在话语中展露它自己。

18

诗歌，不必要你懂，而是要你感觉。无论古今，面对真正的好诗，在“懂”之前，我们已被感动。

“云霞出海曙，梅柳渡江春”“暗水横桥，矮屋香茅，看黄花都放了”。

你懂什么？无须懂，你已被诗的境界唤醒，已被诗的兴味触动。

“黑夜比我更早睡去/黑夜是神的伤口/你是我的伤口/羊群和花朵也是岩石的伤口……今夜　九十九座雪山高出天堂/使我彻夜难眠”（海子）。“这城市如冰海上/燃烧的甲板/得救？是的，得救/水龙头一滴一滴/哀悼着源泉”（北岛）。

你懂什么？在“懂”之前，你已感觉到来自脊梁骨和内脏的寒冽、紧张、无告。

19

差的诗人往往在该含混的地方太清晰，而在该清晰的地方又太含混。

20

提醒愤愤不平的诗人注意，经常被批评家阐释的诗，未必自动等于好诗。有些诗，只不过有很大的阐释空间而已。有些诗很好，但不必阐释。

21

好的诗歌，像真佛，是有“后光”的。那光圈，看得见，摸不着，那是我们难以磨灭的茫然无知的美妙顷刻。

22

读诗不是求知识。它无限扩展我们感知的边界。

23

诗人是世间一条柔韧的神经纤维。

通常人们认为,诗中的"象征"、意象、隐喻,无非就是借一个具体的形象来表达抽象观念,在诗中,形象是处于从属地位的,目的是为了表达观念。

这是一种误解。对诗人而言,整个宇宙就是一座"象征的森林",外界事象与人的内心能够发生神秘的感应与契合。因此,"象征"等不是一种一般的"修辞"技巧,而是内外现实的"相遇""相融合"。诗中的形象绝不是从属的工具,它自身拥有自足的价值。在此,主客体不再区分,不是诗人外在地描写世间,而是他自身就是世间一条柔韧的神经纤维。

24

有许多诗人在作品中不厌其烦地诉说自己心灵的苦难,但并不能打动我们。

诗人责问道:"我说得还不够多么?"

——让我们告诉他:"不。一个致命的原因恰恰是你说得太多,而'诗'说得太少。"

25

优秀的诗人感念自己的读者，但写作时并不考虑读者。

或者说，他寻找的是幽灵般的知音读者。

李商隐写诗时，何曾考虑过给未来的人阅读，可他感动了今天的我们。

26

诗不仅仅是传释你的情感、经验、智识，诗还有属于它本身的情感、经验、智识。诗人的高下，在此区分。

27

一首诗如果真正出色，内行的读者就不能从书写过程的踪迹上转移视线，而是迫不及待地奔向它的所指。因为“能指”与“所指”在这里忻合无间，它就是写作本身。寻找这首诗所指的理念，只是一件次要的事，而且常常名实不符，诗的魅力或是魔力却表里如一。

28

诗的本质不是抒情，不是经验，而是诗本身。不管你属于哪种创造力形态，每个真正的诗人生命内部，都有个“绝对的诗”的幽灵，或舍利。

29

弗莱说：“诗歌是咿呀之语和信手拈来的东西(babble and doodle)，它们的根基是魅力和难以理解(charm and riddle)。”

可以这么说。但关键是此咿呀不是彼咿呀，此信手拈来不是彼信手拈来。要使咿呀之语和信手拈来的东西具有诗的意义，具有诗人自己的文体风格，得有多少你看不到的规则和漫漫路途啊。

30

诗的含混和清晰一样，本身不等于诗的价值。诗的价值：含混，必须有内在的精敏做基础；清晰，必须有“光明的神秘”。

“你的美是月光下的庭院”(含混)；“你是一朵红玫瑰”(清晰)。二者相比，前者更精敏。

对这类诗人来说，使用复杂感受力带来的诗歌的特殊语言“肌质”，同样出自于对确切表达个人灵魂的关注。在他们看来，不能为其他语言转述的言语，才是个人信息意义上的“精确的言语”，它远离平淡无奇的公共交流话语，说出了个人特殊感受力和个人灵魂的独特体验。

31

写诗是诗人在过一种个殊化的语言生活，它像下棋一样没有实用目的。棋局既千变万化，又有规则，但规则增加了趣味，却没有限制格局的美妙多变。

32

什么是有创造力的大诗人？我的标准是，既不仿写前人，又无法让后人仿写。难矣。非常遗憾，任何时代，有创造力的大诗人都是凤毛麟角，极其罕见。

诗，是个体生命和语言的瞬间展开。与其他文体相比，在于它的不可复制性，不可复制别人的，也不可复制自己的。

33

优秀的诗歌关心的不只是可以“类聚化”的情感，更应是个体生命的经验。类聚化的情感只能“呼应”我们已有的态度，而个人经验才会“加深”乃至“更新”我们对生存和生命的感受与洞识。因此，我们在读那些优异的诗作时，会感到诗人是将自己的生命经验一点一点“捺”入文本中去的。

经验是“呈现的”，感情是“告知的”，对真正的好诗而言，“呈现”总是比“告知”的信息量更大，艺术的劲道更足。是呵，浪漫主义滥情诗歌的衰退早已警示过我们：允许写得不好的时代已经过去了。

34

诗歌是由感性而生的。但是，再好的感性，也无法绝对地保证我们写出一首好诗。诗是语言中的语言，这意味着，从你感到的世界到你写出的“诗的世界”，中间还有对语言艰辛地提炼、磋商的考验。而缺乏技艺，你感觉的浓度就被磨损掉了。

你必须从普泛的人类感受中提取出真正属于诗的特殊的东西，在现实经验与美感经验中谋求到美妙的平衡——体验和感性，当然要求诗人“能入”，但真正写好感性，其奥秘却还在于审美观照的“能出”。入与出，是诗歌旨趣中的“悖谬”所在，也是对诗人创造力的舒心的折磨。如果把握好这一分寸，就会使我们的诗在“可言之境”的上层，有力地暗示出另一个更鲜润、更神奇，如鱼饮水冷暖自知的博大的“无言之境”。

技艺的加入，使诗可供心灵去反复体验而不至于在“达意”之后发生耗损；在日常经验和人文话语的“可言之境”无所作为的地方，诗歌纵身一跃，带着我们领受了生命体验中“无言之境”所暗示的“缄默”的启发力量。

35

好诗人的技艺，如球星的“手感”，精敏有效，一点儿不显匠气和板滞。他在自发和自觉之间保持了一种活力：既有“深思熟虑”的精审，又葆有着“即兴”般的鲜活感。

在好诗人笔下，即兴的灵感不是诗思的最终落点，而只是跳板。诗人依然伴以清醒的头脑，久经磨炼的手艺，直到耐心地刻画或挖掘出生命中经久而内在的经验的纹理。形象地说，一般化的诗人笔下表达的灵感像被“吐出”的一口气；而好诗人的灵感则是复被“吸进”的一口气，携有经验在涵泳后的洞察力，二级光晕，晶体合适的压强与生命恒久的温度。

36

诗的声音，是诗人生命的节奏，也是他对世上万象的观感。

诗歌要有适合于特定题材的流畅、美妙、自如的声音，但这种声音效果是诗人久经磨砺、反复调试的结果。

音义协调的好声音，自然的声音，其实在等着诗人提炼和发明。

找到并校准那绝对的声音！

别相信自然而然就会流畅的说法，这么说，不是外行，就是自矜的谎言。

37

诗歌的声音也是意义的一种。它聚拢、塑型了时空。余未尝见过哪个好的诗人对声音没有特别的敏感。

对现代诗而言，声音绝非装饰，它也是诗的创造性存在本身。

对好的诗人来说，声音也要求有原创性。声音本身也是讲述、吟述、回忆、畅想、讥诮、反讽……

声音——语言在抖动。

噢，别忘了，寂静，原始寂静也是诗的声音之一……

38

惊动了诗人，使他觉得值得以诗歌处理的那些事物，都有自己内在的节奏，诗人寻找它，呈现它。好的现代诗，节奏像是事物自身的；坏的现代诗，节奏是诗人强行嵌入的。

对诗歌的“耳感”，帕斯一向极为重视。他说过：“何谓理解一首诗？其意义首先是：听见它。”“节奏是区别和类似的关系：这个声音不是那个声音，这个声音近似那个声音。节奏是原始的比喻，而且囊括了其他一切。它说的是：连续就是反复，时间就是没有时间。”（《总结》）

39

有些诗，声音跃居首位，我们只消打开感官深深浸入、出声吟咏即可，没必要去“破译”什么“密码”。

我甚至想拎起来“抖一抖”这首诗，它准会发出单纯悦耳的“泠泠”声响！

40

诗歌话语区别于其他话语的特征，一般地说，表现在以下四组差异对比上：音乐性/松弛性；创造性/约定俗成性；表现性/平面性；构成性/单维性。这里暂且不谈后三组对比，只谈其“音乐性/松弛性”方面。

传统诗歌也非常讲究音乐性，但它的音乐性是由预先设置的声律音韵决定的，也可以说是“音在笔先”。而现代诗的音乐性，是与诗人瞬间生命体验的节奏共时生成的，声音是特殊的“这一个”意义的回声。正如伯克兹所言：“好的诗歌是对声音和意义的一种复合性认可。……在其中可以清晰地感知到声音是意义的一种，意义也是声音的一种。意义对应于心智，声音对应于心境。”(《指定继承人》)

重读旧作，发现我年轻时写的诗元音发得很足，那是因为潜意识中是写给别人看的。中年之后，有喑哑感、摩擦感、触及感，那是自言自语。

41

格雷夫斯说：“诗是一种极敏感的物质，让它们自己凝结成型比把它们装进预设的模型效果更佳。”(《现代派诗歌概论》)在此，不同的生命体验决定了声音流动的不同型式。比如，诗歌的回旋(表现基本主题的句型旋律屡次反复)、和声(同时发生的几个主题乐音的协调配合)、变奏(由一个基本主题生发开去，保持主题的基本骨架，而在装饰、对位、音型、速度、调性等方面加以自由发挥），如此等等，都是意义与声音的整一呈现。也可以说，现代诗的节奏是与“意义”相互发现、相互选择的，声音与意义同步发生。

现代诗的声音，不等于“韵脚”。在我看来，诗歌韵脚的有与无，都不会自动带来一首诗的成败。

在使用现代汉语的情况下，许多时候，规律而密集的押韵，反而会毁掉一首诗的音义谐和——就像一个人的“好事”做得太多、太急切、太机械，反而让人不适或生厌一样。

现代诗人虽普遍追求非韵化，但其实特别重视个人的生命节奏。成功的诗歌既是心灵的运动，也是“声音的运动”。高妙的声音，能在语义、字词结束之处继续鸣响，召唤出语义不能说出的东西。

非韵化并不意味着诗歌的“非体化”。好的自由诗是“非韵而有体”的。体，与声音也有密切关系。

非韵化不是刻意反韵（在恰当的地方诗人不必刻意回避韵脚），但他们更重视的是“体”的自觉。诗是汩汩的泉源，但却是一道“被引导的泉源”，在声音节奏上保持着语感、语速款款的奔逸性，在境界上充盈着“前行—回溯”的力量。

42

不同的诗的节奏，也暗示诗人对时间的重塑。

43

一个诗人作品的成色好坏，当然要从许多方面判断。多年来，在我却有一个不会稍事放宽的衡量维度，就是看其是否有值得“被再听的声音”。

我们眼见着有多少诗歌生手“破马张飞”地认为，现代诗嘛，就是“自由”，声音问题无关紧要。我以为，与其说现代诗不重视声音，不如说在现代诗中，声音其实变得更重要，也更难了。

传统诗歌的声音是“预设”的，时常反倒不必付出更多心思。而所谓新诗里的“新格律体”，如果拘泥过分，常常也会导致表面化地理解诗歌文体，进行“常识”意义上的形式鉴定，无多新意地呼吁“常体”的重建，不外是音韵、节奏、建行、段落格式的均量均质等。

我以为，成熟的现代诗，应使声音成为意义的延伸，意义成为声音的延伸。好的诗歌，真正叫我满意之处，必包括诗人对声音的塑造。

于坚表述过这样的意思，道是“犹如中国书法的美感不是基于字义本身，而是来自线条流动的气韵，诗歌的美感来自语感的流动。它是诗人生命的节奏，而不仅仅是音节的抑扬顿挫”。

诗人把由直觉得到的组合成有意味的形式，成为内外忻合无间的语感，诗歌的生命就得到了表现。是故，没有生命真气的诗歌没有语感，故意制造的口吻和做作的行文特点没有语感，没有诗人的生命灌注的诗歌，更没有语感。

我们读优秀的现代诗，所感到的既不是“预设”的声音模式，也不是表面的类聚化的“音韵悦耳”，而是谛听有个人化波长的声音。

好的诗人，不唯有“道”，还有个人的“气息”，貌似随兴，其实专注地提炼出了个人化的节奏和口气，这种个人的声音模式，已像指纹一样被捺进文本中。

是否有能力将情绪、境界、思想和声音融为一体，是考量一个诗人水准的可靠尺度。在这方面能经受住我的挑剔、检验的诗人，并不多。

44

诗的声音，不仅清澈悦耳，还有一种发自生命深处的重浊的舒适。

45

戴望舒早期的《雨巷》系列，追求“耳感”。后来的《我的记忆》系列反对“耳感”。可按我的标准，后者反而更有个人的声音效果。

46

好诗，还要在潜意识中激起幽鸣……

话　语

一

隐秘落下
用陨石的声音述说
它带给你们天外的奇迹
在地面它安详
在天文学家的锤子下它已死亡
这就是诗的话语
无法穿透
每一次剖解都是一种伤害

轻盈吹拂
用风的声音述说
没有核心
你们看到树在晃动
那不是风
风是空无
你们听到的只是耳膜的颤动
风起于无端
涉过了漫长的年代
是大自然的翅羽在飘荡
尔后

它宁息

或者是马的眸子
涣散而凝神
在黄昏
你们望着它不要说话
它比语言重要
因为它超出了语言
在马的眸子里
世界懂事得不再吭声

不是母亲的话语
是母亲砧捣寒衣的声音
你用心听着它
无法转述
你不会感到陌生
但又永远不能洞悉
这就是诗的话语
它近乎不在
你相信了它
你活得温柔
安慰

二

河流经过的地方

永远在变幻
卵石和沙砾被淘洗得干净

但这与水无关
水的心思只是流动
你看到发电站的轮子旋转
水车浇灌了燃烧的麦田
请不要对水感恩
（因为它有“用”）
水只是水
是“自在”流动的意志
不是你利用的东西
水比人类的存在
更古老
也更干净

草地蓬松
昆虫细细理着触须
这不是诗
诗不单是草的形体
更是草叶里流动的绿汁
你不能只是看到
你得用舌头尝
让它们流入你的动脉
人类对草的理解

比不上一只幼鹿

诗歌在你身边
有时又在万有之外
你们看到的
只是你们肉身的影像
不是诗本身
你们只能一点点排除错误
劳作，等待
接近它的元始

48

隐喻诗歌的修辞复杂含混，但能更清晰地把诗歌说话的声音和写作者自己的声音区分开。

49

保罗·策兰说："诗歌从不强行给予，而是去揭示。"

何谓"强行给予"？就是诗人处理材料时，以单一的视点和明确的态度直接"告知"读者他的伦理判断、价值立场、情感趋向。这样的诗表面看起来清晰、透彻，但实际上往往成为枯燥的道德说教，成为一篇被精心修饰过的"美文的训话"。如果诗歌变为简单的道德承诺，诗人会在不期然中标榜所有正义、纯洁、终极关怀都站在自己一边，这样就取消了诗歌的多样性和与读者的平等对话。表面看这种诗歌获得了“统一性”，但这种统一是贫乏的，对事物“清晰透彻”的认识恰好遮蔽了事物固有的复杂内容——它“透彻”到了独断地压抑透彻的程度。

而“揭示”，就是保持对事物多样性的认识，如其所是地呈现它鲜活的状貌，将含混多义的世界置于词语多角度的光照之下，揭橥或呈示它自身内部的种种丰富性，同时维护着读者沉思、提问、自由二度创造的权利。

50

情感经验像是一块布，被做成体面的衣服，靠的是诗人的“裁”能。

51

唯有有雄强创造力的诗人，才能够把“诗家语”和“非诗语言”熔炼为行气贯穿挥洒的一体。

52

完成一首真正有创意的诗，不只是结束一次成功的创作，同时也为其他的诗作敞开创作可能性。

53

隐喻，只是诗歌的语型之一，不应形成“专权”。

诗意的经验未必都要用隐喻表现，有不可言说的神奇，也有可用口语言说的平中见奇，在表面波澜不惊中，有内在心灵的陡峭。

54

不一定奇诡。这也是好的诗歌语言：踏实而腴润，经过淬砺又像是脱口而出，单纯又有骨子里的丰富感。平和深邃不再蛊惑，诚恳自尊又触动人心。

55

秀才人情半张纸，诗家情谊一首诗。诗人之交看重“知音”。很多时候，一首好的赠诗，就是一首波澜不惊又深厚缅邈的友情的颂歌。诗人的友情，不是那种强加于人的生死相托、剖肝沥胆的表述，不是热烈如火的戏剧化倾吐，而是诙谐、沉潜、明净、诚朴、老派的君子之交，是一座夏日的“凉亭”：散朗，善良，明心见性，坦率诚朴，一无造作。

我给朋友写过赠诗，也得到过朋友们的赠诗。读这些诗，一座座友谊的“凉亭”伫立于我的生命，诗中虽没有易感的措辞，而我已被温抚，已被感动，无法忘怀。

赠诗是"一对一"，故完全容不得表演，要实现心灵状态和话语方式的合一。最好的话语方式是笔随心走，既不夸张也不矜持，轻逸与温厚融为一体，有如风雨之夕围炉谈心，月下林中漫步，把随兴与雅驯化若无痕地连成一气。

56

以出世的眼光，写入世的诗歌。能真切得教你恍惚，熟悉得教你陌生，是为上品。

57

好的诗人，不煽情地"啊——"，他的艺术个性是沉毅的。这种沉毅既是面对世界与人生的神秘而持有的优雅的审慎的态度，也是一种缄默的、恭谨的观察事物细节的风度；同时，审慎、缄默和恭谨，还体现于"写作的伦理"——诗人要避免给人以虚张声势、号令般的专横压力，要删除那些突兀的刺耳的声音，为"音高设限"。希尼在《舌头的管辖》一文中谈到毕肖普诗歌特点时准确地指出："仿佛她要强调她的诗歌……通过对细节的持续关注、通过稳定的分类和语调平淡的列举而与世界建立起一种可靠而谦逊的关系。"

58

好的现代诗，既可"有我之境"地写人，亦可专注地写物。

诗不应以强烈的主观性来扭曲或强加于物，物本身就含有诗性，而将之接引出来就是诗人的工作。

比如，蓬热的诗多为咏物诗，他凝神观察客观事物，将之细致鲜活地呈现于笔下。在超现实主义诗风大行其道的情势下，这种客观诗反而显得充满新意和独创性。他说，“物，即诗学。我们的灵魂是及物的，需要有一个物来做它的直接宾语。问题之关键在于一种最为庄严的关系——不是具有它，而是成为它。人们在物我之间是漫不经心的，而艺术家则直接逼近这种物态。是的，只有艺术家才懂得这个道理。它是完美无缺的。它是我们内心的清泉。”(《物，即诗学》)蓬热的诗歌语言有极强的塑型性，冷静准确地呈现物象，于不动声色中显露新奇。

写物时，诗人要有能力提供物的本真自然之美，更重要的是，他应提供一种陌生化的“说法”，一种全新的“冷客观”的措辞方式。

我们常说，“诗是命名”，这话不错。但别忘了诗不仅为“我”的经验命名，它还应向现象敞开，为物自体命名。后一种命名常常是更为困难的，它意味着你要将观察力、专注力和书写力进入到暗哑未名领域的极限。

59

好的现代诗，每三句之内，应有个趣味点。六行之内，应有个“炸点”。九行过后，应让人既心领神会又无从转达。三、六、九者，约数也。

60

在“说什么”确定之后，“怎么说”就凸显为更重要的问题。而说到底，对艺术本体而言，诗歌还就是个“怎么说”的问题。

叶芝说：“有话语力量的诗人，要敢于重新处理被别人处理过的题材。”在似乎已被过度开伐、几乎耗尽的语言密林中，诗人要有能力在那些树干上，以新异的方式雕刻出个人化的、细腻深邃的诗的纹理。

61

“诗人是孤独的。”这种说法似乎是诗人的另一种定义。

其实，如果心智和情感反应正常的话，谁不孤独？我以为，诗人不只是孤独，更重要的是他有能力将孤独话语化，他观照孤独，寻找友情和对话的安慰。

语言比诗人更孤独。

62

诗歌是操劳生活中可贵的瞬间迷失，宽怀。

63

诗人天真，诗人复杂，诗人是天真和复杂的奇特融合体。

64

诗有诗的运气。我看到,有运气的诗人,必有天赋;有天赋的诗人,未必有运气。教我叹息。

65

余写诗、评诗已逾三十年,虽然对不同类型的诗我趣味广泛,但前提是它必须是某种类型中的上品。“多元化”不应是平庸者的遁词,关键是诗人据何自诩构成了艺术意义上的“一元”? 这么说我的眼光其实很挑剔,能让我满意的诗作并不多。

我的基本想法是,现代诗可以有不同类型,相应也有不同说法。但对我来说,有个朴素但最主要的尺度,说起来简单,真正做到很难——诗,一定要让人读得下去。

要有趣味,要有活力,无论你是亲乎情、切于事,是智性,是抒情,还是另类式的锋利诙谐,还是奇境式的隐喻,如此等等,前提是都要有诗特殊的劲道或魔力。为什么读诗? 因为它有让我们愉快的、吸引我们本能地趋近的语言磁力。

诗歌是文学中最精短的文体,如果它让人读不下去,说到哪儿都是有问题的。现在我整天就面对不少诗,收到刊物也好,诗集也好,想看看,但完全读不下去,不是不读,而是一首诗看三五行就意兴索然。没意思,没趣味,既无真情实感、真知灼见,又无奇思异想,“说什么”“怎么说”,一切都像是死面馒头，难以下咽。

66

现代诗更喜欢“实验”。但如果你“实验”得让真正的内行都看不下去，那么无论它多么“前卫”，你都没什么可争辩的，因为你写砸了。

检验是否是好诗人有一个看似不通却十分有效的标志，即你在诗坛的“敌人”是否真看你的作品，不仅为了攻击。

67

好的诗歌，心灵大于学养，性情逾越头脑。

只有个人才有心灵。

68

普遍认为，诗是青年人的艺术。但真正的好诗，必能经得起成年人分享。有种见解有道理：“中国新诗，没有培养起成熟的成年诗歌文化。”成年人的诗歌，是有意探寻生命真相的人之间非常诚恳的交流。中国的诗人跟着青少年的趣味走，青少年则跟着流行时尚走，约等于说青少年膜拜流行时尚，诗人则膜拜青少年。

青少年需要的是抒情、刺激、反叛，需要身体的发泄，这也使得诗人对语言、文体理解浅薄。

青少年的趣味使得诗歌写起来比较轻松了。但“轻”，变成了一种草率的“轻”，而不是郑重的“轻”。真正的诗歌应该是“轻逸”的，不一定要沉重、艰涩，郑重的“轻”才会带来艺术意义上的轻逸，草率的“轻”带来的常常是轻浮。

卡尔维诺说得好：诗要写得像鸟一样轻，但不要像鸟的羽毛一样轻。

69

对那些真正成熟而优秀的诗来说，无法截然分出“悲观”与“乐观”，“坚信”与“迟疑”。它像坚实润泽的蛋白石一样，它的光能在慢慢转动的不同角度下放射出不同的色彩，成人写作，经验的包容力在此产生。

70

一个有雄心、有才能的诗人，应该广泛阅读不同类型的经典。不是为了仿写，而是为了知道应该超过什么。

海明威说得对：好的作家要写出前人没写过的东西，或者说，超过死人写的东西。

因为活着的诗人的名声，大多是评论家应时制造出来的，而经典却经由岁月公正残酷地选择、积淀。

71

最好的诗,是活着的有机自在物,会随着读者年龄的增长和阅历的丰富,而不断焕发丰富的意味。次一等的诗,使读者愿意重温原来的语境。再次一等的诗,既不能接引读者超越原来的语境,也无法吸引他回到原来的语境。

72

一首诗能让人读下去,除有趣味外,还有个要素,简单说就是确系有惊动了诗人自己的什么东西要表达出来。

所谓言之有物——"充实之为美"(孟子)。

说起来这是常识,可我是有特定语境的,我感到当下诗坛没话找话,或把有话故意说没了的人越来越多。

"充实",在不同时代有不同的特点。对中国近年诗歌而言,它们往往在诗里体现为程度不同的"事实性",不是蒸气,是固体,让人看得见,摸得着。有些是诗人对本事的提炼、揭示,有些是虚构的带有熔点性的真切的生存情境。那些写好了的诗歌,都是经由纤敏、尖厉而几乎无所顾忌的诗的眼睛发现和想象出来的,它们本身就含有货真价实的诗歌难度和趣味。

"难度"不在表面的修辞效果,而在陡峭的角度和精审地删繁就简后所表现出的貌似随兴般的风度。

新鲜、坦率、诙谐、角度刁,会激发经验读者的兴趣。"舞蹈”和“舞者”怎么分开！“写什么”和“怎么写”不能简单二分。现在的阅读环境与八九十年代不同，经验读者的趣味变化不小。那种直奔形而上的玄学写作、奇境写作逊位了，与生存发生真切摩擦、带着生活质感和鼻息的诗，恰逢其时成为显豁潮流。

当然，说诗歌要“充实”，还难以完全尽意，关键是“充实”本身的质量如何。生活细节、体验、感悟、思考，不仅要诚实，还得真正有新意，有新鲜清冽味道，像早晨猛然打开窗子一样。

诗歌既可能被过度修辞吞噬，也可能被鸡零狗碎的无聊事实吞噬，把真话说成真诗，难度很大。

73

诗，不必起承转合，亦不好强行发生。机敏而舒服地插进，像是心照不宣地接续中断的谈天。

74

诗歌要有具体感，但同时应注意“用具体超越具体”。诗歌源于个体生命的经验，经验具有一定的叙述成分，它是具体的。但是，仅仅意识到具体还是不够使唤的，没有真切的经验不行，但再好的经验细节也不会自动等于艺术的诗歌。一旦进入写作，我们的心智和感官应马上醒来，审视这经验，将之置于想象力的智慧和自足的话语形式的光照之下。“用具体超越具体”,其运思图式或许是这样的:具体—抽象—“新的具体”。

有魅力的诗歌,需要准确,但也需要精敏的想象力:语言的箭矢在触及靶心之后,应能有进一步延伸的能力。所谓的诗性,就存在于这种高电荷的想象力的双重延伸之中。

我很会心于一个诗论家在谈到菲利普·拉金时说过的一句比喻式的话,大意是,拉金那些最成功的表达本真日常经验的诗歌,有百分之八十的可目击性,但是其余还有我们的目光和语义不能透入,但可以更深打动我们的“幽暗成分”。我以为,无论什么类型的诗歌,不仅要呈于象、感于目、达于情,最好还能会于灵(“灵韵”),这就需要诗人自我提醒,为写作中自然出现的那些“陌生的投胎者”留出一定的空间。

生活的力量不等同于语言的力量,语言的力量也不等同于生活的力量,好的诗歌就是要如盐溶于水那样同时发挥二者的力量。充满在场感和超越感,缺一不可。

75

有创造力的诗,不仅吸引你,还打击你,在一种舒心的折磨里,你的阅读不会劳而无功。

76

余参与先锋诗运动三十余年,奇才、高才、怪才诗友不在少数。静心细辨,可叹的是,竟很少看到始终能健康而深稳、没有让诗歌毁掉的诗人，更多的是“忍看朋辈成混蛋”。

才子们脑子够用又肯下功夫，天上的老爷子也不亏待他们，他们终于成功了。但成功后的他们，却被自己曾热爱的东西闹乱了。他们失去了写作的本真与快乐，变得特别重视“象征资本”和别人的看法。为把自己变成可供欣赏的对象，他们刻意发展怪癖，自我戏剧化，把好好的生活弄得一团糟。在人前，他们签名签得都快忘记自己姓什么了，而独处时，却焦虑、痛苦、疲惫不堪。由于丢失本真，他们也不能把这焦虑和痛苦转化成新的写作材料和动力，而只是靠炫技瞒天过海。

对诗歌我持一种平和的看法。没有人强迫你写作，我们之所以孜孜不倦地从事这件事，是因为它使我们快乐和心安，使我们感到对生命经验的留恋，并保持对人性秘密的好奇。写诗者的魅力体现在，当他用语言使生存的遮蔽敞开时，自身的生命也逐渐变得扎实、透亮。

如果写诗带来的是心性的迷失，它就是一桩可怕的劳作。因此，我认为让诗歌毁掉的人，必有僭妄之心。忠诚于艺术的健康写作者，理应是欢愉敏识、镇定自若的。

再写不出好诗，至少可以不写。

这不写，算不算对诗歌严肃敬意中最高级的那一种？我想，它就是。

77

多年来，诗歌界总是充满方法论的肤浅论争，什么隐喻还是口语，抒情还是叙述性，知识分子写作还是民间写作……我以为，面对复杂的情感经验，我们的写作办法（不完全等同于“手法”一词）其实还不是太多，似乎不必过度人为地在话语型式意义上老死不相往来地“站队”。我们应提炼一种带有个人特点的“融合性”。

融合，当然不是抹平个体艺术创造上的基本姿势、基本旨趣，而是在此基础上深思熟虑地增补。至于如何有个分寸？可能言人人殊。如果融合创造力最后变成没有个性的亦此亦彼的“平不塌”，那就是令人厌倦的坏诗。

这个挺难，属于经验，难以明确“量化”。无疑，“通脱”“融合”与书桌上平面的“杂糅”不是一回事。前者属于修炼到一定段位后自然产生的写作自觉。唯大诗人能完成大融合。

78

诗人专注于世间生命的感悟和心智的闪烁，他不直接去写空阔的“风云史”，而是将自我放在细屑、具体的生活处境中。

与那些分行的“格言体”思考的深刻相比，诗人追求的是“生命的深刻”。

79

无论隐喻还是口语，诗人自有“诗家语”。在常人实用指称的层面上，诗人更心仪于其丰富的暗示性。

诗家语，无论隐喻还是口语，都要接受诚恳度的检验。

80

诗歌是我们的精神“深呼吸”。现代人受生活和繁难的工作所累，处理什么事情都要定出一、二、三、四……年深日久，竟成为生理构造，好像自己的脑子也是一格一格、一条一条的。这是隐形的监狱栅条。

诗歌会带来灵魂的治外法权，在程式化的工作、生活之余，寻求一点超逸脱轨的自由。使个我的心灵赤裸裸地照面，“一弦一柱思华年”，流连人生的光景，为“一格一格”的忙迫而僵硬的工作、生活程式，注入清润畅朗的生命元气。

81

暖　冬

这个冬天
我埋首于一本书的写作
（一本有关人性与诗的书）

噢，石家庄的冬天像是只有两天
（一天淡雾氤氲。
一天阳光慵懒。）

白杨树言简意赅的枝丫上
一只雀儿茕茕孑立

（它是哪一只？是不是昨天那只？）

内蒙古派来的风
翻扑着妻子晾晒的乳白羽绒衣
（但风儿是心意暖和的）

院子里采暖锅炉多余地哼吟
烟囱喷吐着都市的肺病
（窗外，女孩们为输掉的"斗地主"彼此埋怨）

数日不出，自行车座子上落满尘土
谁在上面画了一条小鱼（或小龟）？
（画家不超过五岁，我向抽象派大师敬礼！）

第二个冬日，书已出版
朋友们说它温和得有些诡异
（是否一个暖冬影响了我的心情？）

对，那个冬天显得不太真实
（有如热和冷对弈，走出平局）
我阴郁的心，学会了大度

（我已进入写作的"慈祥期"了吗？）
当暮色像古巴糖撒满又一个暖冬
在薄甜和微凉里，我淡然入神，调侃自己。

82

有人说现代诗的修辞基础是暗示、隐喻。未必如此。我看到，有些现代诗，回避间接性，其最打眼的反而是一系列准确、本真的细节提炼。你简直就无需用“言此意彼”方式进入，也不必调动你的直觉，它快捷跳脱，不留余地，“嗒”一下就撞在你心上。

说实在话，这类不饰险崛的细节提炼，更是衡量一个诗人“手艺”的重要尺码之一，因为它难以蹈袭，愈显其功实倍。

83

口语诗歌表面看好写，其实更难鱼目混珠。

没有天赋的人，莫以为口语诗是捷径。

天哪，我没想到口语诗“现”了这么多人。

84

成功的口语诗，其实是口语目的性的秘密变体。

85

针对有人说“新诗散文化”，在一种抗辩的语境中，艾青干脆提出了“诗的散文美”，他是指新诗的语言要鲜活、真切。

我以为，散文的语言，如果写好了，就是诗。试看海明威一部小说的开头：

那年深夏，我们住在村里的一所房子里，越过河和平原，可以望见群山。河床里尽是卵石和大圆石，在阳光下显得又干又白，河水清澈，流得很快，而在水深的地方却是蓝幽幽的。部队行经我们的房子向大路走去，扬起的尘土把树叶染成了灰蒙蒙的。树干也蒙上了尘土。那年树叶落得早，我们看到部队不断沿着大路行进，尘土飞扬，树叶被微风吹动，纷纷飘落，而士兵们向前行进，部队过后大路空荡荡，白茫茫，只有飘落的树叶。（《永别了，武器》，汤永宽译）

你可试着分行。它多么干净，真切，肌理鲜活，节奏（即使是译文）呼之欲出。这样的语言富于真正的质感，这难道不是诗吗？新诗，没有严格的诗型成规，它更重视的是把活在现代人口头的语言，完美地提炼出来。

86

有些现代诗人尝试用方言入诗。在我看来，西南、西北地区的诗人们，做得比较成功。方言是和使用它的人的精神和身体“长”在一块儿的。像吟述中的暗钮，不同的方言会打开不同地方的人的性情、地缘文化，还会给诗歌这所心灵的房子“灌砖缝儿”，让它准确、结实。

87

炼字？炼不好，一个字会大于一首诗，遮蔽一首诗。

88

诗就是自由。但与其他自由不同，它尤其要求有自由的能力。好的诗人之间，无论彼此采取什么语型，还是能一眼看出诗之成色。

有些外行见到用口语写诗，即惊呼："不是诗！他使用的是我们说话的语言。"

是啊，就因为你只看到诗人使用了共同的语言，所以你和诗人永远没有共同语言。

89

诗的语言不一定要有明显的、尖利的棱角，但绝不能光滑。它要有摩擦力，总是硌你一下，抻你一把。

90

有什么比制造一个纸质的分行书写的谈伴令你迷醉，令你震悚，与之周旋，与之对话，彼此纠正，要言不烦，更令人快乐的呢？

91

在步履深稳中体现顿挫郁屈，更难。

92

现代诗逐渐褪去繁缛的修辞和绚烂的神话，更关乎诗人内在的真实。许多诗人在用基本词汇和句型写作，摆脱了造作的“文艺腔”。

过去写诗需要修辞才华，现在更需要懂得对才华的控制力：遣词造句准确而内在，气韵贯通而入情入理。更多地加入恰切成熟的口语成分，于诚朴中求真切，于直接中求隐奥，有着内在、湿润而透明的品质。

只有阅历丰富、久经锤炼、诗心沉潜的人，灵魂深处才会涌出有韵味、有个人化形式感的单纯的清澈，使经验在话语中真正扎下根来。

93

一些现代诗所描述的事物，从表面看没有必然联系，但它们却有内在呼应，它们都与变化和生长密切相关。如果说，在哲学家眼中“太阳底下无新鲜事”的话，那么一个诗人则应对生活保持“太阳每天都是新的”这种审美的自由的高傲态度。正所谓“理论是灰色的，而生命之树常青”。

94

在现代诗学语境中，何谓长诗？它不仅是指诗的长度，同时也是指诗歌承载力、话语的扩展和变奏。帕斯说过，在短诗中，为了维护一致性而牺牲了变化；在长诗中，变化获得了充分的发挥，同时又不破坏整体性。在现代长诗中，我们不仅看到长度，其标准也在变化。而我们称之为“扩展”和“变奏”的东西，主要就是惊奇与复归、创新与重复、断裂与持续的结合。

很少看到今天的诗人对“现代长诗”在本体上的敏识。许多现代汉诗长诗，更像是连续的抒情短诗的“焊接”，诗人的目的是歌唱，诗人的兴奋点是灵感，而不是非个人化的生存知解力和某种叙述性的结合。我认为，真正的现代长诗不唯情感，更应有强烈而连贯的智性和叙述性融合的结构。如果仅凭感情和修辞炫技的驱动，二百行之后，再优秀的诗人也会将自己渐渐耗空——除非诗人硬“赖”在情感和修辞的空洞中循环往复。

还应考虑到，叙述毕竟是诗的下驷，对长诗而言，它更难免黏滞和枯燥。诗人应有效地避免此两种陷阱，创造出一种可称之为“吟述”(且吟且述，载吟载述)的风格。读成功的长诗我们可以听到诗人的声音像织机上的纬线一样，在多向拉开的时间中穿逐，绝不曾颓然断掉；而他的空间，却像奇诡的经线，勾勒出自然和心灵、社会历史和文化、神话和日常生活的细腻纹理。在此，长诗维护了必要的沉着和徐缓，稳住了读者的视线；而在总体的沉着之中，又容留了局部肌质的迅疾、果敢和新奇……乃至寂静和眩晕。

成功的长诗，在诗人奇妙而宽阔的“吟述”中，叙事与抒情，幻象与智性，形而下与形而上，应能做到彼此忻合无间地穿逐游走。诗人的结构能力、感情强度、捕捉具体事象的功力、丰盈的想象力、修辞才智应得到较为均衡而完整的发挥、变演。在此，我们不仅想看到心灵与事物的隐秘跃动，而且还同步领悟到某种超验的精神图式。

95

现代诗人不是仅专注于经验，他们依然在抒情。值得注意的是，现代抒情诗的现代性和独特性体现在，它们不是我们习见的浪漫主义诗歌，不是那种陈腐的抒情诗中出现的类型化的道德自诩和单向度的滥情，而是在整体的浓郁的情感氛围中，巧妙地包容了个人本真的身世感、经验细节、无意识的冲涌、生命记忆，乃至自我盘诘与自我争辩。

还有同样重要的：诗人表达直觉的天赋，冷静的词语塑型与控制能力和对个人化诗意空间的结构能力。如果深入细辨我们还会发现，现代抒情诗还成功地挽留了现代“智性诗歌”的有益成分，运用曲折复杂的现代修辞技艺，以及对生命体验的多视角吟述，避开了以往抒情诗中由于滥情易感，缺乏本真细节经验、意义畛域，从而使诗情最后被蒸发掉的险境。

96

一个合格的诗人一定会有梦幻般的体验，有时还会有“灵感”光顾。但一个优秀的诗人却知道，一旦进入写作，就应马上醒来。诗人提供的不是来去无踪的“灵感”，而是一件件精美的语言艺术品。

“灵感表现”是不错的，但灵感并不必然达致“诗的表现”。

97

文学作品——文本，是语言符号“织体”或曰“网络”。虽然在解构主义理论家那里，“文本自足性”的观念已遭到挑战，作品意义的流动性和易变性受到空前重视，但是对作家、诗人而言，他们还是在追求结构的完整性、意义的稳定深度，坚持创作者在“文本编织”过程中的主动性、自觉性。孰是孰非？这一直是诗歌理论界聚讼纷纭的问题。

我个人认为，文本织体的自我“拆解、播撒和分延”，应是对批评家与读者而言的，它保证了人们对作品进行“二度创造”的权利与活力。而对作家、诗人而言，却应该坚持使文本有机自足的创作理念。你是在写成型的“作品”。

98

想想，成熟的诗人写作时，范式读者像幽灵般存在。你要向他们证明，你对得起他们的阅读。

99

好的诗歌无疑应有质实的精神重量，但从诗的本体依据上看，诗歌毕竟是轻逸的生命灵韵或性情之光的飞翔。在许多时候，如何以轻御重，以小寓大，以具象含抽象，就成为对诗人诗艺和真诚的双重考验。正是在这个意义上，艾兹拉·庞德说："技艺考验真诚。如果一件事没有用技艺去叙述，它的价值就比较差。"

这里，真诚不仅指情感发生，更主要是指诗歌完成以后的审美成色——如果没有诗的技艺，很可能你情感的真诚就要大打折扣。

我们眼见着不少的诗人，由于缺乏技艺的自觉，而把真实的情感活活写"假"了。

100

现代诗有知性，但不是干巴巴的理性、逻辑，而是纤敏的感觉自然接引出的颖悟。艾略特的诗以知性见长，他说："要像嗅到蔷薇的香味那样嗅到思想。"

101

现代诗给人一种碎片拼接的感觉，似乎与结构没有关系。

真正的内行懂得，它与结构其实更有关系。

102

现代诗与传统诗比较，更强调结构的包容力和形式的开放性。在现代诗人笔下，抒情或叙述性的运行线索往往不是单维直线的，而是扭结交错的。诗人由此获致的结构更像是一个话语“磁场”，各部分之间抛弃了机械决定论的因果性，而寻求心灵跃动不居又完整内敛的效果。

103

学会让物象自身说话，让物象作为其自身而闪耀。

就像在真正的静物画家那里，“静物”背后却有着凝静中内部的动力学；恰好是在它凝恒的自我持存里，物体自身的质量感得以坚固、持久地呈现，而不被人的主观感情所稀释和蒸发。

104

特朗斯特罗默的诗歌有一种“坚实”的力量。在《漫游、历险》一文中，他说：“我无意中得到了诗的真谛：言简意赅。”这句话除了“削去虚饰，使诗臻于简洁”这一含义外，还意味着诗人在处理材料时的“悭吝”态度：用最少的精审的材料投入，“产出”最多的内涵。

但是，我们要知道，诗歌的“简洁”与否，并不简单地事关诗歌篇幅的长与短。它不是一个体积概念，而是一个载力概念。一首饱满的长诗也可能是“简洁”的，而一首空泛的短诗，也会冗长得足以令人厌倦。

105

“气”，作为中国古典诗学的审美范畴，难以用逻辑思辨语言传释，但每个真正的诗人都不会不理解它。现代诗同样应注重完整的境界，内凝的骨力，淳朴的情韵，浑重的气格。

对诗人而言，诗歌之“气”，源于你的语言与生命体验的交感注息、升沉开合。骨气干净，行气贯穿，锋藏气逸，皆源于心枢。诗之生，气之聚也。聚则为生，散则为死。真正的诗人，清楚这里的玄机。

106

诗歌永远只是诗歌，它首先在语言上应令人沉醉和玩味，否则题材再“重要”也在审美上无效。好的诗人，不只提供新的经验和境界，同样重要的是他必须提供新的“令人产生快感的说法”。

“快感”，是啊，阅读的喜悦，专注，对心智的激发，没审美快感我们干吗读诗歌？诗歌应提供只能经由诗歌所提供的劲道，即使谈到“深度”，那也是特殊意义上的，它绝不是对哲学、历史的卑屈图解。

我认为，虽然诗歌的构架可以决定一部作品的“意义”，但只有“肌质”，才能决定它是不是好诗，进一步说是不是真正的艺术品。

优秀的诗之所以能使我们手不释卷，激动人心，就在于它吟述着不能为其他话语所转述、所消解的幽邃的心智、生存和生命的纹理、个体心灵迂回升沉的奥秘。

107

过去的“抒情诗”主要是抒发诗人的情感。现代抒情诗发生了较大变化，它更多是表达诗人想象力和挖掘语言魅力的艺术。

卡勒说，现代诗是“对语言学的关系和规则进行实验，这种实验使诗歌成为一种文化动乱，而不再是文化珍品的宝库”。（《文学理论入门》）

108

成色十足的“肌质”，乃是无法用散文的语言转述的部分。它是一种具有生命质感的“活物”，它自有脉息、搏动、混茫、天成，它不承载明确的观念，甚至不可言说，却又直指人心。

“肌质”像颗粒般细小，却具有无法言说而神完气足的“弥漫感”。

噢，“弥漫感”，就是这个词！它不是个规范的理论批评术语，但很可能比既有的术语更有效。诗是一种构架与“肌质”

有同样价值的语言，但诗的秘密却在于是一种为了“肌质”自身之美的语言。

从语言本体论向度看过去，那些在“我说”之后，有能力进一步让“语言言说”的诗语，才是弥足珍贵的诗歌“肌质”，也是现代诗存在的本体依据。

109

法国诗人让·贝罗尔说：“在诗最成功的瞬间，总有一个‘我说’和‘它说’交相辉映。有时诗人掌握话语，有时话语支配诗人；有时诗人使用话语，而有时是话语在呼唤诗人。”（《诗在话语的空间相互追逐》）

贝罗尔的话，是一个成熟诗人的经验之谈。作为受到超现实主义影响，但又能将之问题化，保持有分寸感的反思性的贝罗尔，虽然不反对诗人话语的澄明性，但更不愿放弃诗歌话语的“神秘的偶然性”。所谓“有时……有时……”，不是指诗人的不同写作阶段，而是指“我说”与“它说”往往是在一个神秘的共时性中穿逐的。

“它说”，即让语言自身说话——语言言说。因为不仅是表述“我”的情感，诗也是表述“元诗”本身的，它突然将美妙地攫住自己的陌生、新鲜的东西往前一推，或骤然转向，那即诗。

我想将这种写作称为极端的“写作”，而非极端的写“诗”。写——诗，通向的是约定俗成的关于“诗”（包括现代诗）的成规（decorum）。而“写作”，强调的是写的过程，在不断地探寻“写”的过程中，对诗可能性的新的理解和接纳。

110

海德格尔在《诗·语言·思》中曾言:“语言言说。人言说在于他回答语言。这种回答是一种倾听。其言说在它被言说中为我们言说。”

海德格尔的话值得我们深思。他揭示了真正优异的诗歌,不仅是诗人言说,还要激发出“语言言说”,要保持“我说”和“语言言说”之间的美妙张力。

在“我说”(即诗人言说)之后,保持“语言言说”的魔力,即让语言进一步言说,看似玄奥,其中却有更深的道理,每一个有经验的优秀诗人都不会不理解它。

我们常说,诗人发现语言、掌握语言,从某种意义上讲,这个说法是对的。但是,当一个人的写作水平进入更高阶段时,他必会体悟到“语言言说”的性质。

好的现代诗,会呈现“语言言说”的魔力。语言在诗人结束言说之后,依然带着高强度的自身的“电荷”,进一步工作。诗中的语言,不只是为其负荷着的固定语义而存在,它似乎具有独立的“被再听、再看”的生命,把我们引向更神奇、迷蒙,却又更能击中心灵幽微之处的力量。

111

诗人要有“语言的自觉”,这个说法本身是对的。但是,写作的自觉绝不等于牢牢控制话语“语晕”的边界。

在现代实验诗中，语言不单是通过其负荷着的相对明晰的意思而存在，它不再是一种单纯的工具，而是一种激发想象力的动能；或者说，话语本身就构成了“语言事件”，而无需向读者表明它代表什么具体所指的东西。

诗的创造，如欧阳江河所说，有时就是“为了救出几个字，单音节的感动”，这些言辞，可以“折一个房间”，可以构成另一个“姓氏”，也就是说，诗的语境产生后，脱离诗人的另一个生命形式出现了。诗人在事先无法把握它，待它自动呈现后，一些孤立、偶然的意味开始说话，这种语言的自呈性所蕴含的实质，竟能教写作者吃惊，“有些念头相见恨晚”（《打字机》）。

谁在冥冥中支配诗人的手“自动”起落，犹如打字机？就像帕斯问过的：“我写的这些是谁写的？谁在我身上写？什么在为我而写？”（《写与说》）即不仅是诗歌听从诗人的召唤，而且反过来是让诗人也听听语言本身的召唤。

112

“语言言说”——“它说”意识的出现，甚至会令许多当年的先锋诗人、诗评家感到被弃置和气闷，这是可以预料的事情，遑论普通读者。这种分歧也使诗歌创造语言的雄心发展到极点。

在《写作的零度》中，罗兰·巴尔特针对当时出现的超现实主义诗歌，比如勒内·夏尔等人（包括兰波、马拉美等象征主义诗人）的语言意识，这样说——“在现代诗歌中，关系只是字词的蔓延，字词是‘住所’……诗歌的字词永远不可能是虚假的，因为，它本身就是完整的，它闪烁着无限的自由之光，时刻准备照耀那些不确定而又有可能呈现的千姿百态的关系……诗歌的字词是一个无直接过去的行动，一个无背景的行动，它只呈现所有与它密不可分的本源所反射的浓密阴影……现代诗歌是一种客观的诗歌。自然本性成为一种孤独而震悚的客观物的断续，因为，这些客观物只有一些潜在的关系，没有人能为它们选择一个特定的含义或一个用途，或一个效应，没有人能强加给它们一种等级，没有人能把它们局限于一种精神行为或一种意向的意义……诗歌字词的爆炸所建立的是一个绝对的客观物；自然本性变成一种垂直的系列，客观物一下子竖立起来，充满着所有可能发生的事：它只能标明一个未填满的同时也令人震悚的世界。”

巴尔特对此问题的表述很“到位”，不留余地而富于激发力量，他揭示了与惯常的诗歌意识殊为不同的语言观。你可以不接受，但应该进入与此相关的诗歌及理论“话语场”进行讨论，而不能以习惯性的阅读前提来简单排斥。在这个论域里，当巴尔特自设了一个询问——“有没有诗歌写作”时，他回答道，在先锋诗人那里已没有传统意义上的、本质主义意义上的“诗歌写作”，但有“写作”（书写过程、文体风格显露的“印迹”）本身。

113

就“它说”——“语言言说”有道理、可借鉴的一面的性质而言，我以为，它源于先锋诗人对语言的无力和枯燥状态所表现出的高度焦灼感和拯救意志。让“它说”，其实也是我们这个缺乏语言创造活力的时代里，少数不甘低仰从俗的诗人找到的一种创造性心理补偿。相对于那些投靠大众话语的诗人而言，极端“语言言说”状态下的诗人，意味着自身属于一个狭小的特殊精神社区。他并不因为自己是一个被大众接受的诗人而体现意义，相反，正因为他是一个诗人才不被大众接受。

与通常的认识类型相反，“语言言说”的诗人并不是主观主义者。如果他是主观的，他就会把语言充分语义化、情感化、心理化，在命定的姿势中语言最终被诗人淹没、取代。而事实恰好相反，语言被书写后，必须摆脱其对诗人的依附，它成为没有寄主的独立自足的东西。一方面，它成为结束书写后诗人审查、评估的客体；另一方面，它常常又意味着对书写者的偏离、错位——原初意图中或许不明确的部分，却由自己的手在白纸上显形，构成语言的“奇境”。

114

“雪锹铲平了冬天的额头/树木/我听到你嘹亮的声音//我听到滴水声，一阵化雪的激动：/太阳的光芒像出炉的钢水倒进田野/它的光线从巨鸟展开双翼的方向投来//巨蟒，在卵石堆上摔打肉体/窗框，像酗酒大兵的嗓子在燃烧/我听到大海在铁皮屋顶上的喧嚣……”（多多《春之舞》）

“我的诗是那位黑人的红心/站在白色制服深深弯下的腰间/壮着西红柿的胆/送来账单。”（郑单衣《夏天的翅膀》）

这样的诗句都表达了更满盈的“语言言说”的意味。它们启示我们：一个写作者预设的“语义”，时常远不如语言本身被激发出的“语晕”丰富。有时，你面对着从你的潜意识中涌出的话语，犹如面对一个陌生的对话者，一个“它”。你会感到诗歌的意味并没结束，你与它之间，关于“存在”的对话在不断重新开始。

115

“语言言说”，随时面临着将要发生的“语言事件”，它是和动作（书写）同时出现的崭新叙述。在诗性场景（scene）中，它具有无限可能的速度。时间跨度混茫不羁，表层结构和深层结构的区别似乎不复存在，它把诗人独白转换成多声部的激发——对话。这样一来，上下文之间发生了意义的自由竞争，变奏，分延，播撒。对这类诗歌而言，可能会时刻昭示着丰富的歧义甚至盘诘自身的因素，“误读”在此变为另外意义上的有效“正读”：一个客观的文本，就其本质而言永远不应完成和终结，而是不懈地朝未来开放。

“语言言说”，消灭了诗人的权威，它使写作成为话语对诗人舒心强迫的过程。不是诗人的凸现，而是语言的凸现，不是情感的缓解应力模式，而是母语的潜能投射，使诗歌成为词与物之间的一种特殊嬉戏与交锋。这里，写作本身就是诗歌的“主题”。

116

“语言言说” 产生的诗，按照罗兰·巴尔特的表述，不是可读的，而是可写的。它狂暴地打击读者的预结构期待，但又从更多“面向”体现出对读者的逗引和温情：它葆有更充分的可供读者参与语词事件的权利；阅读本身也变为一种特殊类型的写作活动，即模仿诗的写法去读它；读者也成为特殊的“文本生产者”。

这样的诗，要求读者的注意类型和阅读态度，更为能动、复杂，它永远处于召唤状态，它逃离了诗人自我中心的立场，变为“话语中心”。写作，不是为了提取先行预见的“意义”和对先验设定的真理的模仿。它把我们的目光引向写作过程自身，引向意味的持续扩散、重新生产、自由分配。

117

当我说“语言言说”的实验诗，不再是诗人出来说话，而是由字词本身出来说话时，我是为使表意更明晰、避免平庸的相对性，而有意采取的“绝对”说法。其实，对这个问题的“正确”表述应当是：语言结构与诗人之间，不再是后者赋予前者，而是一种双方彼此的照亮、选择和发现。在没有写作之前，传统的写作是诗思已先然存在，“胸有成竹”；而实验诗“写作”则是诗思是在写的过程中才与语言同步发生，诗意是被偶然地一点一点树立起来的。诗人循着一种神秘的预感前进，他并不清晰语言结构的深处究竟发生了什么奇迹，他必须承受“天才”所唤醒的压力，忘掉“诗所言”，专注“写作本身”。

如果说常规的诗歌，其语义是潜在散文式的似断实连的“线条”，那么“语言言说”的诗就是发散式的晶体点状面，是依靠纯语言事实来支撑的。前者沿直线运动到一个终点,后者互动、摩擦,分裂出更小的"话语微粒"。前者构成"意思",后者构成"意味"。前者像是由粮食酿成的酒,后者像是酒精燃烧时发出的热能。前者是存在,后者是空无。前者是地面,后者是地面和天空两面拉开的力量——看不见却可以触摸,听不到却可以感受。

118

"语言乃存在之家",它有着自己的生命。我们不断深入"语言之家"时,理应学会聆听"它说"。不只是诗人说语言,而且是诗人与语言彼此"聆听""对话""应答"。

语言只有在"我说"与"它说"的交互打开中,才称得上是不可公度、难以替代的奇妙的诗歌话语。它最终会独立于诗人之外,成为积极的、自我运动的、更无常、更有神奇生命力的精灵。从这里看过去,我们会在更深的层面来理解那些追求"它说"奇境的诗人们喜欢说的话——

"不是诗人写诗,而是诗写诗人……"

119

关于诗歌语言的绝对性,阿兰·巴丢说:"……我们可以严格地说,诗歌反对的就是数学或者说数元(matheme)对思维的控制。诗歌并不轻易忍受对于清楚明白、消极读者和简单信息的需求。诗歌是一种不妥协的练习。它完全没有中介，而且对媒体怀有敌意。诗歌拒绝投票民主和电视民主——因此常常已然挫败。诗不存在于交流之中。诗歌没有需要传递的东西。它只是一个表达，是一项仅仅从自身获取权威的声明。”（《什么是诗？》）

于是，“写作”实践永远不会结束，是一个无限的“构成”过程。在诗歌语言自身最出神入化的时刻，它会“写出”无法预料又“相见恨晚”的、扩大了的诗人自己。

120

一个诗人应该记住，词语也有自己的生命，它们会朝向灵韵的满盈，也会对我们言说，而不仅仅是我们把它说出。如果按照结构主义的观点，语言受深层文化结构的制约，不亚于受特定个人心态的制约，那么我们同样也可以说，语言受深层潜意识的召唤，不亚于受诗人显意识的召唤。一首有真义的诗，必会出现“我说”和“语言言说”的共鸣与对话关系。存在在思中形成诗后，诗人和内行的读者还要学会再聆听“语言言说”。因为，有特殊感受力的“语言言说”，会超越本身而自动地“吸附”我们未知的存在，而那些被“吸附”而来的存在，一定与我们的深层神秘生命体验休戚相关。

赫塔·米勒说得多干脆：“我们每一次都要凝神聆听，探询言语之下暗藏的深意。在每一句话语中，也就是说，在每一次说的行为中，都坐着别的眼睛。”

121

优秀的现代诗人和理论家都特别重视“语言言说”的能力和奥秘。苏珊·朗格在《艺术问题》中，果敢却又言说有据地区分了“艺术中使用的符号”与“艺术符号”，她说：

艺术中使用的符号是一种暗喻，一种包含着公开的或隐藏的真实意义的形象；而艺术符号却是一种终极意象——一种非理性的和不可用言语表达的意象，一种诉诸直接的知觉的意象，一种充满了情感、生命和富有个性的意象，一种诉诸感觉的活的东西……艺术中使用的符号，本身仅仅是一个工具，它的意义存在于自身之外的地方。而艺术符号(即终极意象)，并不把欣赏者带往超出其自身之外的意义中去——如果它们表现的意味离开了表现这种意味的感性的或诗的形式，这意味就无法被我们掌握。

这真是一语点透的内行之论！终极意象之“终极”，指其不可再分析、推理，难以转述，但可以感动你心灵最幽暗的角隅，透入你的直觉、潜意识，被你知觉、体验。

终极意象，类似于马拉美所说的“绝对隐喻”。它们只能以如其所是的诗语方式整体呈现，无“理”而更有丰盈的意味。其表现的意味与表现方法，要么同时存在，要么都不存在。

但要注意：不是说只要不可分析的就是好的终极意象，而更重要的是它必须能深入诉诸感觉，可以被刻骨地体验。

122

终　曲

在月光下浇灌花园的人
你竟夜的劳动使黑暗有了核心

花园:落到地面的云色
果树:吹号天使的臂膊

但赤裸的泪滴在水渠中反光
月亮……正将终曲弹响

最后的劳动在"虚构"中沉湎
明天词语的花园将是悲风一片

搏斗语言的人置身在火灾中
他失败的脸比余烬还要纯净

123

对于"语言言说"的诗人而言,每一首诗至少都有两个主旨,一个主旨是诗歌情境固有的,另一个则是关于写作本身的。也可以说,"语言言说"的可能性(或曰"语言的可能边界")本身也是诗歌要表达的"主题"之一。

这是一种具有“元诗”意图的写作，不只是诗人在说话，同时也是“语言本身”进一步在言说。相应地，这类诗常常会有两个动机：诗歌不仅是在表达诗人的情感经验，同时也在表达诗人对语言呈现/展开过程的关注，使写作行为直接等同于写作内容的一部分。

124

在“语言言说”中，不存在完整预设的诗歌“所指”，诗人冥行擿埴，只是循着某种神奇而“非如此不可”的潜意识或曰“直觉”前进。词与物摆脱了在“所指”意义上的狭隘对应关系。这时，说话的主角，除去诗人，更有“语言自身”，诗歌意蕴遂成为不确定的、具有更多的秘响旁通暗道的审美空间。

不只是诗人的凸现，更是语言的凸现，不是情感的缓解应力模式，而是诗人调动直觉、无意识所激活的母语的潜能投射，使诗歌成为词与物之间的一种特殊周旋、磋商、偏移与发现。

正是在这个意义上，保罗·策兰在1962年谈诗的一封信里坚定地说：“永远不可能奢望完全把握——否则就是对陌生者的不尊重，诗人身上已有的（或前来投宿的）陌生之物；否则就是忘了诗歌本身是有呼吸的，忘了诗歌会把你吸走。”

125

如果说所有的艺术理论都具有可证伪性，先锋实验诗、实验美术、先锋派音乐这三者则可能是例外。有时，它们是无背景的行为过程，是垂直降临的精神事实。具体到实验诗来说，它的语言结构特征之一是字词关系的偶然性、互否性、互动性、孤立自足性、言语本身的自动势能，以及对“误读”概念的弃置。

实验诗就这样成为诗歌写作者和少数范式读者的狭小社区。那些习惯于以史为咏、以事为咏、以理为咏、以情为咏的读者，面对实验诗必须调整期待视野，变为以字为咏、以词为咏、以“神奇的话语”为咏。这样一来，诗歌写作和阅读就成为神奇的“无中生有”。这种孤立、尖锐、“元诗”的创造活动，使人类的语言能力得到了更快的飞翔。那些被文化和既往精神等级制度判定为非本质的、负面的、边缘的东西，可能会被重新拎出来，照亮，成为新的激发点。

如此说来，实验诗对诗歌语言结构的变构就不仅是改变了它的形体和秩序，而且是为之更新和提供了一套包括阅读前提、意识背景、言语构成、语感声响、价值标准在内的新的写作方式和阅读方式。

在这里，如果说有什么东西遭到毁坏的话，那不是诗歌的魔力，而是那些保守的阅读态度。

126

语言在为某物命名之后，年深日久，它的光华和力量也会日渐磨损，使原初的、充满活力的发现，变为公共流通的类聚化的指称工具。

比如，今天当我们说“鹅毛大雪”，我们再也不会惊喜地意识到“鹅毛”与“大雪”的象喻关系，我们抓住的不再是有命名力的“存在”，而只是接受了“雪很大”这一个气象学事实。再如，当我们说“天行健，君子以自强不息”时，我们也不会领受到此言在原初命名时蕴涵的天人同根的、深厚的彼此呼应关系，而只是将之简化为“人应自勉”这一陈旧教条。至于随便想起的“人老珠黄”“一帆风顺”“马革裹尸”“五体投地”“引而不发”“运斤成风”，如此等等，这些曾经创造性地照亮过“存在”的诗意的语词，如今都已衰落为惰性的符码了。

正是有感于语言积垢的遮蔽，海德格尔才对诗歌语言进行了高度的评价：“诗绝非是把语言当作在手边的原始材料来运用，毋宁说，正是诗首先使语言成为可能。诗是历史的人的原初语言，所以应该这样颠倒一下：语言的本质必得通过诗的本质来理解。”“诗意让敞亮发生，并且以这种方式使存在物发光和鸣响……我们必须学会倾听诗人的言说。”（《诗·语言·思》）

127

一个新词

一个新词让怀抱它的空气变冷
那些穿过喉咙的话语用它拧干污水
诗篇，这个冬天你的骨头闪烁其词
但它们与灰色的木柴一样，干燥，急迫

坚持走向炉火,我已看到

一个新词交付松动的笔画来生育
让智性窘迫,或相反,撕开指意的表皮
现在保持着一枚花籽的内伤
诗篇,对于你,它是闯入的和陌生的
而它自身也成了被你围困的部分

一个新词走上最黑的道路
车轮的筋腱将圆周悄悄支离
背过通衢的狂欢,触点被戳深
诗篇,你深藏秘密,于黑箱中开路
惊动了李贺,硝石,和聋掉的鼓

一个新词从发烧的嘴唇吐出
弯曲的字形使烧红的一小块金属进步
它们在乙醇的激励中失落又冥行
诗篇,你目光恍惚,主语得不到肯定
循声而来的医师隐瞒了内伤的部位

一个新词像肤色白硬的合金
把自己收紧又收紧,轧出多余的空气
谁见到它会蓦然震悚,贴向汉语的锋刃
诗篇,你从言辞的矩阵脱险而出
又在本质的错视里,捍卫孤单

128

要区分：创造性的晦涩；头脑一锅粥的晦涩。

海明威说："真正的神秘主义不应当与创作上的无能混淆起来，无能的人在不该神秘的地方弄出神秘来，其实他所需要的只是弄虚作假……神秘主义包含一种神秘的东西，和许多种神秘的东西；但无能并不是一种神秘。"（《海明威谈创作》）

129

有时你写诗，有时诗写你。布罗斯基在《论悲痛和理智——随笔集》里富于启示地指出，哈代的《两体合一》是一个叔本华式的生存意志在语言中发挥作用的工具，诗人更像一个被语言驱使的书写员，而非完全自主的语言使用者。这是诗歌通过哈代来追求的东西，而他做出回应。

130

1979 年 7 月，帕斯在墨西哥大学做了一场名为《写与说》的演讲。他说："时常，我们像看幻影戏一样，心中感到了词语被赋予血肉之躯的那个时刻。词语确有生命，它把我们放逐。词语在对我们诉说，而不是我们把它说出。"

这是诗人多年以来在写作中冷暖自知的经验之谈。但它只能指望被有深入的写作经历的人理解。无疑，诗的语言由诗人创造，从常识意义上讲，这个理念是正确的。但是，当一个人的写作水准进入“更成功的瞬间”，他会发现，真正的写作更像是一种“聆听”——聆听语言自身的言说，听从语言对你的引导和召唤。

语言作为存在的现身，既含有内部的自动性成分，又含有全部历史使用过的语义积淀，同时还有着诗人潜意识、直觉的投射。因而，当它被如上诸种因素调动时，才会带着全部丰富性而自成格局，令人惊愕并喜悦。

帕斯的《惊叹》，就道出超越固定语义后直觉中对“静”的领悟，使语言获具了进一步自我言说的魔力：

静
　　不在枝头
在空中
　　不在空中
瞬间
　　一只蜂鸟

“静”在哪里？诗人留下诸多空白、断点，但语言本身并没有停止工作——静，在即目即景却“心与道合”的无言喜悦之中，在澄怀味象的瞬间，人与一只蜂鸟猝然相遇，天地同参，静与动彼此融会，互证真身。帕斯喜欢中国古代诗歌，这里也有“鸟鸣山更幽”式的禅机。

131

与传统诗歌具有的几大类结构形式殊为不同的是，现代诗的结构形式是变动不居、非常多样的。可以说每一首真正意味丰盈、技艺高妙的现代诗，都需要临时“发明”出自己的结构形式。正如乔恩·库克在《诗歌理论·序言》中所言：“每一个‘具象化的此刻’，都不同于另一个，因此每一个都必须被不同地意识到：规则必须每次都从内部重新而来。”

因此，将乱花迷眼的现代诗结构种类硬性总结出几种大的“范型”，是泛而不切的外行做法，对于写作，它基本是无启发性的。

132

现代诗人在重新打量“抒情”在诗歌中的价值。过去，“情感饱满，表达生动”就可以成就一首好诗了，现在，“情感”却成为一个需要被重新审视的问题。我以为，抒情本身不会自动给诗带来成与败，关键是抒情的内蕴，抒情的技艺高下。

重新打量“抒情”是有道理的。我看到，过度依赖抒情，会发展为“滥情和表演”，这是许多中国诗人的宿疾。似乎身为诗人，就应像一锅沸水，咕嘟咕嘟地，挺热烈。但最终一切都蒸发了，“诗本身”没啦。这种宿疾也反映在读者那里，比如对戴望舒的作品，许多读者只是迷恋于《雨巷》之类，而完全没有能力欣赏或感悟他真正出色的《我的记忆系列》。正是中国诗人和读者的双重宿疾，导致中国诗歌的水准仪只定位于“抒情”，而忽视了扎实的经验和智性。

如何防止情感被“蒸发”？要有货真价实的经验和感觉、智性的加入。接着“一锅沸水”的比喻，我想引申到一锅豆浆。如果说情感像豆浆，那么本真的经验就是盐卤，它使诗凝成块。而智性，则像是肉眼看不着的营养成分。

133

许多现代诗，有神秘的特点。对诗来说，我只认可一种神秘，即“诗本身的神秘”。有些诗也神秘，但那是诗人在玩玄学，或在用诗去费劲地显现某个已成的文化哲学认识。我有些烦，但我从来不烦“诗本身的神秘”。毕竟我们写的是诗，是语言的快乐，不是向傲慢得一塌糊涂的哲学家卑屈地“套瓷”，也不是科举考试的试帖诗。

值得提出的是，诗的神秘，也可用透明的语境出之，不一定“意味”一神秘，语言也跟着扭曲起来。总之，神秘不是个简单的语言风格概念。而不论何种方式，诗，总得有诗本身的秘密劲道才行。

134

现代诗与传统诗比较，更强调“深层结构”传释的重要性。这与诗歌由传统向现代发展，所带来的整体修辞基础（暗示性）的变化密切相关。须知，现代诗学是一种间接性、表现性、形式本体论诗学。

不是说传统诗歌不讲究“深层结构”，而是说在传统诗中，其“深层结构”常常是个别句群或语段的，而非整体性的。现代诗人认为，诗歌应以隐喻暗示的方式深入人内心的隐秘世界，反对单维度地直陈其事、直抒胸臆，强调在表层文本之下应有深层文本，使读者在阅读过程中获得超量的审美和智性的启发。

135

就“张力”一词的普遍用法而言，我们重视的是它所指称的诗歌结构的互补因素、逆反因素、对立因素之间的冲突抵触，并在最终达成的相对平衡（瑞恰慈），即诗歌“语晕”、诗歌结构的复杂承载性。

“张力”的物理学定义，有助于我们理解其诗学定义，前者指的是不同方向的作用力所产生的物体内部的拉力。对等比附，诗歌亦然。

不是说传统诗歌结构就没有张力，而是说现代诗结构更强调张力。二者之间的差异性体现在，前者往往靠克服结构中的逆反因素，获得结构的和谐平稳，而后者往往靠“捍卫”结构中的冲突矛盾，获得“复杂经验的聚合”。很明显，几种相近的意味组合在一起就没有多少张力，而几种相异的意味组合在一起才会有强烈的张力。

罗伯特·潘·沃伦说：“一首诗要成功，就必须要赢得自己。它是一种有方向前进的运动，但是如果它不是一种受到抵抗的运动，它就成为无关紧要的运动。而好的诗必须在某种程度上涉及抵抗。”（《纯诗与非纯诗》）相近意味的组合是“加法”，相异意味的组合是“乘法”，显然，“和”与“积”在含量上是不同的。

136

现代诗中的象征，不是一种简单的意义传递形式，更多情况下，还是参与意义生产、重新分配意义的形式。

因此，现代象征具有多义性、暗示性、双重视野、超越性。——此象征不同于彼象征。

137

诗的结句，非常重要。既要结束，又不能封口。它不是关好一扇门，而是打开另一个空间，“篇终接混茫”。

138

现代诗呼吁挑战习见的阅读期待，发明出自己的读者。马拉美傲慢地说，一个健全人的重要天职之一，就是成为诗人艺术家。

139

20世纪以来，有创造力的写作者渐渐显豁地出现了模糊或松动文体界限的趋势。文学家的“身份”变得较以前暧昧起来。现代语言意识的普遍自觉，使众多的写作者意识到，写作，无非就是人与“话语”发生的特殊周旋、磋商、交锋，以此揭示生存，挖掘生命体验，挽留想象力，享受书写的欢愉。人与语言的关系，比人与文体的关系更致命，更有难度，更紧张。不是恪守文体的规范，而是探询、挖掘语言的奥秘，构成了有效的写作者创造力的向度。

一个成熟的写作者面对的不仅是狭隘的“文体意识”，而是更为开阔的“调动整个文学话语去说话”的能力。不论是诗歌，还是小说、散文乃至文论，无非都是“文本”。而写作者最终需要捍卫的，不是什么先验设定的绝对文体界限，而是保证写作的活力、自由和有效性，在词语的密林中，我找寻引动我的东西。至于这个东西是否适合于某文体的元范式，则是第二义的问题，甚至不再是问题。那些给文学带来冲击和新的可能性的人，恰好都是敢于异质混成地松动文类界限的写作者。先锋派作家、诗人自不待言，即使是理论家如罗兰·巴尔特、本雅明、德里达、布鲁姆、德鲁兹、保罗·德曼等，也都是自如地运用多种语型、语码的“多功能文士”，遂成为广义的“作家”一员。

我看到，90年代先锋诗人有意消除文体“等级观念”，与其他文体“调情”，让散文话语嫁接（甚至“焊接”）到诗歌中，这的确有助于扩大诗歌的载力、韧度、鲜润感、可信感。诗歌于此不会消解，它的根茎反而成为随机应变、多方汲取养分的精灵，为你的诗文本注入越界搞来的“强心剂”。

140

诗歌不应拒绝对日常生活的表现，但是诗歌也不能成为枯燥的生活小型记事。一个诗人无论对生活的召唤怎样殷勤备至，都不应放弃对艺术本身的信义承诺。好诗不乏生活的力量，但更具有“挖掘语言奥秘”的艺术魔力。

141

作为一种文体，诗歌会引起读者特别的“注意类型”和“阅读态度”。诗歌的特征在于它拥有一定标记，用来向读者提供信号：“这是诗，应按读诗的方式阅读、欣赏。”这样，读者的心理活动产生了定向反射，形成特殊的注意类型，诗的其他种种特征在这个基础上才得以充分发挥作用。

分行，是最明确、最通行、最有效的定位法。读者看到分行，其注意力便按照一定的期待进行阅读。主要有三种期待：个体节奏化期待；非指称化期待（深远的暗示）；整体化期待（相信诗歌短短数行便可自我完成，其跳跃的部分由经验读者的想象连接）。

不要小瞧分行，“结构主义诗学”正是从分析分行开始，对我们没有自觉到但实际上存在的约定俗成的理解模式给予了理论说明。

密西西比河此刻风雨，在那边攀援而走。
地球这壁，一人无语独坐。

这首《斯人》，是昌耀作品中最常被选入各种诗歌选本的诗作，它只有短短三行，却境界幽独而旷远，意绪神奇，“言有尽而意无穷”，即使我们在阅读时不加入诗人“传记”的因素，也会被“三种期待”的魔力所攫住，激发出丰富的联想。寥寥数语，目击道存，一无依傍的突兀话语，却“自动地聚拢”起我们的想象力、经验和潜意识记忆。

142

汉语中的“元诗”先锋写作，与西方此类诗相比，可能又有其特殊性和新的可能性。在西语构成的实验性诗歌中，除去与汉语实验诗在言语和结构上同构的方面外，或许还有所不同。

以印欧语系为例，在此语系中，句子是一个方向明确的组织，有严密的语法规则。动词与宾语一定有主语的牵领，名词前一般有冠词。句子表意的时间明确，通过动词时态和词形变化，指向某个具体时间和发动者，这就使诗意相对清晰。而汉语（诗歌）可以较少受固定语法的制宰，甚至不要主语和时态，悬置句子的连接成分，模糊词性，使语词在整个语境中灵活地穿逐，超越具体时空而直接构成“独立环境”，其中“语言言说”的能力可能会得到更快意的释放，带给读者的往往是一派天地同参的神秘气息。

众所周知，古代汉语本质上是“孤立语”，缺乏词的严格的内部形态和语法范畴，以词序和虚词来补充其形态的不足。虽然现代汉语已有所不同，但是我们仍然可以在现代诗中杂糅使用一些古代汉语，造成词义表意上的丰富性、灵活性、偶然性，比如李金发、废名、卞之琳、南星、吴兴华、昌耀、张枣、杨炼及台湾诗人痖弦、杨牧、叶维廉、商禽等人所实践的，使现代汉诗的语言常常奇妙地逸出词义系统，产生临时的、灵活的、感兴式发散的词义，召唤读者多重的“意会”或“妙悟”。这种特殊的语用类别，其词素或单字本身就具有更大的柔韧度、蓬松度，语言在诗中发散、盘桓、浑然不封，呈现了更为深广的弥散力，复义、歧义、含混、张力等也由此产生。

143

“诗歌并非只是情感，而是经验。”（里尔克）

那么，诗歌可以不要情感吗？非也。好的诗人，把情感伸延至“情感命题”。让蒸气结晶化，寄托深邃的智慧和超越性。

144

威廉·黑恩说：“通常诗人第一本诗集中的作品是他们认为诗歌应该写的内容，然后他们在第二本，甚至更后期的诗集中才开始挖掘对他们来说根本重要的东西。”

这句话令人深思。我以为，他谈的远远超出了诗集出版问题。

成熟的诗人应警惕精美的平庸之作。

145

假如要我拣出一条写作现代诗的体会说与你们，我想它会使许多人感到诧异：现代诗是最不自由的诗歌形式。它不仅关涉诗章，而且关涉诗句；它不仅关涉诗句，而且关涉词语；它不仅关涉词语，而且关涉词素；它不仅使词素用力，而且要求“词根”用力。

甚至，它让标点带上生命的吹息，它让空白成为更强烈的表意部分。

146

刻　　刀

毕肖普

年岁已晚，让我谛听柔韧的刻刀
在一阵窸窣中剥啄，吹息，呈现。
这世界在黑夜中也荫荫生辉，
玻璃上的纹章吮足了溪涧。

“海像金刚石般硬朗”，咸水和乌云
在雕刻的苦工中触及了涡流反射的光焰。
透过这“被擦伤的古老的鱼胶镜片”，
紫水晶的黑暗几乎不像是黑暗。

存在隐身于光中，它渺小，巨大而清晰！
玻璃果树上，词和词像果子彼此惊愕地照看。
岁月在锋利的碎屑中变得更小更肯定，
中指年轮的硬茧沉积了枝叶扶疏的昨天。

中了魔法的“人蛾”有野性而潮湿的甜味。
触须在纠葛中蜿蜒又奇异地探勘；
你的朋友摩尔说，“想象的花园，蟾蜍遍地”，
这是另一种对美的效忠，使纯诗的俊儿昏眩。

空阔的滩涂上有一只孤单的“鹭鸟”，
像图书馆的孤本，或静默于大水中的竹筌。
呵，不；它的灰白是初春屋背傲慢的积雪，
在离心中更明确了春天……

当我的姊妹们把“女性诗”写成了连环画，
你面对词语艺术本身，更有匠人高贵的尊严；
寻觅宣泄的人无从跟你亲昵，但诗人
谁看到了你玻璃星团上秘密隐去的钢錾？

147

优秀的诗歌，往往既涉入语义甚至潜意识的艰涩，又值得

以意识去体验乃至诠释。它不会因诠释而散架，正确的诠释往往使它更为诱人。

布尔顿说：“理解增强了快感，而诗意也不至于被破坏了。一首好诗，在第二十遍阅读时要比在第一遍阅读时更饶有意趣。我们总能够从中发现新的东西。而且，无论我们把它肢解得多么零碎，只要再退后一看，那些碎片即会一跃而重新合为一体。”(《诗歌解剖》)

148

有人认为，现代诗拒绝追求意义。其实，它拒绝追求的只是本质主义一元论的意义，而非丰富复杂的意义领域；它拒绝的主要是集体话语，而非个人的感受力。耿占春曾富于敏识地指出：个体化感知力正是当代诗歌写作的意义之所在。在公共话语中可说的意义，毕竟与微观的个人体验的意义颇有差异。这正是诗歌写作能够在一个意识形态霸权和工具理性称王称霸的社会环境里，捍卫个人存在感的根据。

在这个历史的意义虚无化的时刻，操纵着集体的生存模式的那种意义图式已经消失，“个人的体验与感受力成了瞬间性意义的生成与幸存之地”。以感性形式存在的意义，以诗学方式表达的意义，不是公共语言所能表达的，意义亦非公共性的存在物。当然，意义的个人化并不等于狭隘的“私人化”，尽管其诗学表达具有私密性，却无疑存在于人们的共通感之中。

耿占春说，今天的诗，其“细节的主题化”，“提供了一种不脱离偶然语境及其细节世界的意义感知形态”，一种瞬间的意义形态，一种个人化的、不可复制的生命感知的意义和价值。

因为诗歌所处的总体语境已经失去了产生共识的意义框架，一首诗就需要在自身呈现一种意义参照，换言之，它是临时的、偶然情境的意义模式。

149

犹如爱情需要缘分，人与诗，也需要缘分。如果你与诗尚无缘分的话，诗歌理论帮不了你，你需要的是一本好诗集。

150

读一首好诗，我们是在欣赏一个教我们愉快的生命，他/她的活力，他/她的魅力，他/她的魔力。他/她略略超出我们，令我们既羡慕，又看得真切，而不是凌空高蹈地“失联”了。

151

诗人与“写诗的人”之不同，有一个硬指标，即看他在专业共同体中，有无站得住的三首代表作。

152

日记:天亮前结束写作

就这么着啦。我为一部书稿画上最后的句号。
一年零四个月,焦灼与喜悦相随。
该邮寄它走了,词语的镜子,钥匙,鞋,尘埃。
此后,我得以享受一段日子的虚度。

天光渐蓝,我辛劳的眼睑有舒服的细涩。
从后窗望出去,是对楼爬墙虎有力的绿旋涡。
我封好书稿,像黎明中农夫勒紧他卖粮的大车。
哦,你有多好听——清晨送奶人嘹亮的哨子。

一只大熊蜂背上,是整个春天的晴空!

153

诗歌是生命的泉涌。从发生学意义上看,这说法也许不错。但是,我们还应知道,生命的泉涌并不等于诗。诗之所以从语言中脱颖而出,成为高贵而难得的艺术品,就是因为诗人拥有卓异的"构造和技巧能力"。因此,正确的表述应是:诗是一道被技艺护持的生命泉涌。

154

有的诗乍看之下会让我们的感悟力造成崩溃，但深入细辨，它又是维度丰盈、结构俊逸、意味澄明的。自由闪灼的意象、开阔的语境，像满天风筝一样美丽，但掌控它们的线绳却被稳稳抓在诗人手中。诗人知道，风筝有合适的载重，只有风筝线上的拉力保持得很好，它才会迎着风力的冲击越飞越高——写诗也是同样道理。

155

成熟的诗人，不排斥对“智性”的探寻，但更不排斥对“情感”的亲和，他试图融汇、平衡这二者，找到自己恰切的话语方式。因为过度主智，会使诗干燥；而过度主情，又会让诗飘忽。

教内在的思悟和真醇的情感，浸渍于奇异的“物象—情境”之中。

156

与散文比较，诗歌应有“无法结束的部分”。维特根斯坦说过一句著名的话：“对不可说的东西，应保持沉默。”这句话对早期的维特根斯坦而言具有确指性：坚持经验证实的原则，认为语言是表达经验事实的，凡是经验事实都是可说的；而超经验的东西是不可说的，对这部分内容应保持沉默。

但是，许多人将维氏的“不可说”误读并普泛化了，他们把“不可说”的东西等同于“不存在”“无意义”。我们知道，语言把握不住的东西肯定也是存在的，且不说你说不出未必别人也说不出，就是某些生命体验、审美奇境、宗教、信仰、天地之道、灵魂状态、大自然呈现的“混沌”场域乃至气功……我们虽然难以清晰言说，但能简单地否认它们的存在吗？因此，维特根斯坦后来又说，“世界是神秘的”，“上帝”“灵魂”都有存在的道理。

诗人海森毕特尔在《表述可以表述的一切》中写道：

表述可以表述的一切
了解可以了解的一切
决定可以决定的一切
达到可以达到的一切
重复可以重复的一切
结束可以结束的一切

那无法表述的
那无法了解的
那无法决定的
那无法达到的

那无法重复的

那无法结束的

不要结束那无法结束的一切

海森毕特尔是德国“具体主义”诗人。受维特根斯坦理论的影响，他的这首诗就与维特根斯坦前、后期对语言的完整理念有关。此诗由两个意义群落构成。第一个意义群落是说，诗人应全力呈示自己的经验世界，对可说的一切进行命名。第二个意义群落是说，诗人也不要认为只有“经验世界”才是诗歌表述的一切，经验世界和灵魂世界还不完全是一回事，前者关乎“真”，后者更时常关乎人的超越能力和审美想象力。对后者有赖于以隐喻或转喻的方式部分地说出。而且，诗人应捍卫世界的神奇、鲜润和混沌的元气，应在诗中容留美妙的跳跃所带来的“断点”“空白”。就像书法的飞白，以貌似“结束”来表达“那无法结束的一切”。

优秀的诗歌，“空白”“沉默”会成为表达的另一半，这就是诗人的想法。

157

一首诗中必须有只能由诗说出的部分。

158

米沃什曾如此表述过对诗歌写作的看法:“仿佛我得到了一个颠倒的望远镜,世界移开了,一切东西变小了,人,街道,树木,但它们没有丧失鲜明性,而是浓缩了。”(《一个诗的国度》)

诗歌忠实于世界本然的性质,但它倾向于从更远更开阔的中介性语言视角观看,倾向于由“浓缩”带来的自足的语言世界的鲜明性。这样,诗歌会在现实的底座上投射出另一种神奇的光晕,它吸引我们展开联想,它激活我们的经验,并让我们感到人与人灵魂世界的内在对话。

时间是人“此在的境域”,是物理性的现实刻度。但是,还有另一种由主体体验着的“时间”:诗的时间。它使如水流逝的岁月凝结下来,成为我们灵魂中坚实的“水成岩”,让我们在有限的生命里“活得更多”。

沃尔科特说,写诗是过平行性的“另一生”。

159

现代诗没有一元主义式的绝对标准,但永远有好坏之分,真正的内行心中一定有个神异之声,只在碰到真诗时才共鸣。

无论你用什么历史语境(诸如新启蒙、新浪漫、现代、后现代、性别意识、后殖民、全球化、新左派，等等）衡估诗，永远有好坏之分。

天哪，我看到多少“诗人”一辈子都没有这个神异之声！

160

人们说，诗歌要想自我证明，必然要有文体的仪轨。

这是只知其一。

其二是，先锋诗就是对“从来如此”“众所周知”的仪轨的质疑和超越。

其三是，先锋诗若要具有艺术的意义，在对仪轨的颠覆之后，必须创造出自己的形式。

第二辑

片面之词

·在当下诗坛，说自己“原创”不需要勇气和想象力；但要说自己在创造性地转化传统，则需要巨大的勇气和想象力。

·五四时期知识分子言说“反传统”，反而激发了国学的新思路；今天的知识分子高喊“民族性”，我看到的却是“民族性”的消失。

·现代性，对诗而言不应是个价值判断词语。李白、杜甫的诗，就诗人亲历的历史语境而言，同样具有“当代性”。由于对过往的历史语境是无法“继承”的，我们今天追求现代性，无非是要解决语言与扩大了的经验之间的矛盾关系，使语言更为有力地在现实经验中扎下根。

诗是本真经验与语言之间彼此发现、彼此纠正的紧张关系的恰当解决。从这点看，我们和古人有相同的见解。追求现代性不应造成我们与古人之间的屏障，而应是通道。

·近年来，中国先锋诗歌基本是沿着“祛魅”的精神路线运行的。就具体历史语境而言，它有一定道理。“祛魅”背后的真正动力是物质主义时代的平面化历史生活。以往支配诗人的整体话语、宏大抒情，或本质主义、绝对精神书写，有赖于一个“文化共同体”的集体视阈。而当下，这个文化共同体已然解体，它的魅惑力和感召力也就同步消陨了。这虽不必是“应然”之事，却是无法回避的“已然”之事。作为一个敏感的诗人，都不会对此没有觉察。

当然，你也可以采取“鸵鸟战术”，为自己虚构一个超越性的诗歌乌托邦，继续写你的“纯诗”或“终极关怀诗歌”。但是，这样的写作很可能对时代生存真相一无所触，甚至它也不能真切地对称于你的内心，诗歌在此就变成一种话语遣兴，一种“我比你们高雅”的语言表演了。

但是，问题还不仅于此。在我看来，对共性的超验题材的“祛魅”，不等于对诗歌本身话语魅力的取消。我们完全可以在回避乌托邦写作的前提下，保持诗人个人内在世界的深度。乌托邦符码的瓦解，应带来个人诗歌话语的自由和幽邃感，而不是将诗歌寄生在芜杂散漫的语言平面上，冒充什么“后现代”。

一个真正的诗人，在任何情况下，其天职都是要揭示生存，回应历史，眷念生命，流连光景，闪耀性情，尤其还要为发现语言幽暗的、纤敏的机枢而效力，使机杼触动，使之发光，使之鸣响。

·别忘了，在今天，“祛魅”的诗歌也是文化驯服的组成部分。“庸人引导的社会”的主要特点之一，就是“祛魅”。

·人们说电视、网络延伸了我们的感官。岂不知它们也代理了我们的感官对世界的鲜活体验。我感到，80 年代的诗，再有缺陷，也还有大自然的各种气味，90 年代至今的诗，总有一股子电脑壳散热的气味。

·诗歌是否开阔常常不是由读者多少决定的，我看到恰好是那些“大众诗”其意蕴极为狭窄、枯燥。

· 有些诗人的“灵气”“飘逸”是由贫乏而成就的，有些诗人的“含混”“复杂”同样如此。他们是走运的家伙。但是，他们骗不过少数真正的内行。

· 小说家是将人家的故事说给人家听还向人家要钱的人。诗人是将自己的心灵故事（或“事故”）说给人家听并打算要钱的人。由于自己的故事未必精彩，因此，现在的诗人有意表演自己的生活怪癖，自我戏剧化。

· 废话诗欲从功利桎梏中解放，却变为废话的打工仔。

· 科技和市场时代的物品，可进入大脑却很难进入情感，这可能也是诗歌干燥的原因。

· 艾略特的《小老头》，不能用来构造中国的小老头。

· 潮流算什么？鲤鱼跳龙门，从来都是逆潮流而上。

· 有诗人总是指责批评家是“老好人”，你好我好他也好。但我看到，诗人间彼此的评论，更充满曲意承欢乃至肉麻的吹捧。

搞笑的是，在这点上，一流诗人和三流诗人都不怕丢脸，完全一样！

·其实，我听到的对诗人最真实、最干脆、最准确的评价，是在我们私下"说别人小话"的聚谈中。

那可能是一部很不相同的诗坛排行榜……你懂的。

·我看到，有的诗，意在塑造诗人自我的形象；有的诗，却展示了诗自身的魅力。后者更靠谱。

如果一位诗人四十岁后还在表演个人魅力，这位诗人就已经废了。

·读诗是一个生命对另一个生命的聆听、体验、对话、磋商、周旋、嬉戏……好的读者也是一首诗的"来生"。

·偶读废名某日日记，道其"上午读莎士比亚、李商隐，下午读庾信、哈代"。难怪，连他的小说都是"绝句与哈代的融汇"。

·说滥了的话："沉默的大多数。"

别忘了，你个人的内心也有"沉默的大多数"。

·诗应该准确地用词，最好同时注意到该词的词典意义和你个人"语义偏移"的双重准确性。如果无力兼顾，就首先考虑词典意义。这样，你能够发挥的范畴就是结构了。它可以使你的诗至少落入中品。中品是不好的，但比蒙事还好一点。

·诗应为诗而存在。它应不但有能力回避仿哲学的“深度”，也要有勇气藐视写“日常生活”这个新的权势话语。它是，也应该是语词的探询、欢愉和伤感，并不借助艺术之外的力量，发现那些只能经由诗歌艺术发现的东西，而不是其他。

·诗大约在每五行之内应有细节，不要被情感和智性蒸发掉诗句的“质感”。但五行之后，应切断这个细节，否则它太“面”了。你应转换或变奏，使诗有“呼”有“吸”才舒服。当然，是自己写得舒服。别人是否舒服，你管不着。

·诗应有绝对的完整性。但不是起承转合。也许最完整的诗才最有张力，不完整的吉光片羽只是被动漂流，不是张力。

·我承认写作有“灵感”这回事，也有“迷狂”。但一旦进行两行后，你应立即醒来。诗人是干活的人，他为活儿本身的质量而存在，不为干活的动力与功用而自我感动。

·如果写诗一定会教导人一些什么，我倾向于认为，它使人懂得羞愧。一个长时期牛气冲天的诗人，他又会真正说出点儿啥呢？应有对自己诸多败笔的羞愧；应有对自己有成千上万天真或蒙昧的拥戴者的羞愧；最后，还应有对自己有羞愧之心而自我感动的羞愧。我只把有羞愧之心的人作为朋友交往，他们使我觉得世上因为有写诗这回事而变得干净一点。不懂羞愧的诗人，只是我的“诗友”，低于“朋友”这个——我要说是——冷暖自知的词。

·刻意追求本土性的诗一定是坏诗,但好诗一定有本土性。

·二流或二流以下诗人,才只使用“诗的字眼”。

·对于其他文类的写作者,我们会称之为小说家、散文家、剧作家,或笼统称之为“作家”。但对为诗者,汉语里却有个饶有深意的特殊的称呼,曰“诗人”。可见,真正的诗,一定要与“人”融为一体。诗人,诗/人,不单是指写诗的人,他还应是一个独抒性灵、具有纤敏的特殊感受力、让个体生命在语言中扎下根的人。

我们也眼见着不少写诗的人,写了几十年甚至一辈子,脑子够用,熟能生巧,也貌似掌握了一些写作技巧,但最终还是在诗歌之外。他们没有个人独立的感兴、感悟,对生命中诗性的观照与表达,殊少领会。

·以人为一切中心的观点有可能破坏人与整个自然的和谐关系。与人类在其他方面一样,在诗歌中,相信人可以凌驾于自然之上的立场,有如一个不灭的“宗教”。从浪漫主义到象征主义、现代主义乃至某些后现代主义诗歌,在这点上,虽改头换面却又有一脉相承之处。将主体的体验“移情”于大自然,将自然变为隐喻,既打开了广阔的想象空间,但同时又可以说是扭曲甚或关闭了自然本身的神奇、博大。

面对大自然，我们的时代（诗歌）是否太喧嚣太自以为是了？是否缺少足够的宁静、谦卑、感恩和领受？

·“对不可说的，要保持沉默。”而可说的，往往又是不必说的。

·我不想像那些忘恩负义的家伙，矫情地、过河拆桥地说“翻译体”败坏了我们的诗歌的语感。就我们这代诗人而言，20世纪80年代初开始的现代诗创作，我们一直大大地受益于汉译外国现代诗歌。人们总爱援引弗罗斯特的话：“诗，就是在翻译中失去的部分。”他指的可能是诗的语感和口气，以及某些特殊的难以转述的“原型”语象。其实弗罗斯特这句话只说对了一半，殊不知，诗还有在翻译中得到的东西呢。当一种语言被转换成另一种语言，如果足够幸运的话，它会获得这种陌生语言的力量。像是一个“陌生的投胎者”，它会使原文发生变化。我曾听一位兼通英、中语言的汉学家说狄兰·托马斯的诗，在汉语中比在英语中似乎要精彩。

对译诗而言，不少中国诗人从一开始心里就极为清楚——我看的是译诗，只是译诗。我欣赏的是被转换为汉语后，它仍不失为一首好诗的诗，而不是什么不加引号的“诗本身”。

由此可以区分两种对译诗的阅读期待：为了学术的，和为了激发创造力的。对学术研究来说，凭译诗去研究其话语方式、修辞特性，无疑是严重不靠谱的，学者理应面对原文，有一分把握说一分话。但对一个诗人来说，比如我，很清楚自己看的只是一首翻译成汉语的诗歌，它对我可能会起到一种陌生的激发创造力的作用，而原作的幽微之处很可能不在这里。比如从译诗里，我时常受到外国诗人独特的视点、结构，特别是“可写材料”的广阔范畴的启发——我或许能有把握地说，三十多年来，正是外国现代、后现代诗启发了我们可写资源的丰富，而不再是简单的“比德”“抒情”。

我心里明白，阅读译诗就像从背面看刺绣，我们不可能真正得到原作的细部纹理和光泽。但不要忘了，可能还有另一种情况，在转换一种语言时，出色的译者往往会赋予它对称于我们母语的语言光泽，在这种情况下，我们“看到的”其实是我们母语的绣品，而不是毡垫。

· 20 世纪 30 年代的中国现代诗，其灵感源泉、诗学系谱主要是德、法象征主义（隐喻、暗示、象征、对音色的特殊关注、去社会性等）；40 年代开始，更主要转向英、美现代主义（玄学、曲喻、象征，与反讽、悖论、戏剧性、非个人化、诗性的介入公共事件……的结合）。

奇怪的是，新时期中国现代诗的发展，像是这个路线图的轮回。

· 修辞的复杂，不只是语言学问题，往往与个人的内在复杂性有关。

· 有活力的成熟，成熟的活力，是衡量诗人量级的尺度。如果只有《地铁车站》而没有《比萨诗章》的庞德，就会是个二流诗人。

·杰出的诗歌不一定是美的。这是现代诗了不起的发现。

·有大创造力的诗人,或是激起你钦羡,或是激起你反驳。如果既激不起你钦羡,又激不起你反驳,那就是在"成规"中的小创造。

·优异的诗人,不是通向共识的"好诗"的结果,而是通向使他写作的个殊化的力量。

·日常经验若要获具艺术的意义,必有透明的神秘在其中。

·我经常发现,有些先锋诗人的知识大部分来自资讯式浏览,耳食之言。但常常是他们,能把一知半解发挥到别有洞天的高度。一知半解,留下了更大的想象、创造空间。对诗人来说,一知半解是合法的。

·诗的创造,比思想文化更深刻,更有力度。没有创造,就没有诗。而"文化"却可以在冷板凳上"做学问"。

·好的诗句都表达了更满盈的"它说"意味。它启示我们:一个写作者固定化的"所知",时常远不如语言本身进一步的“所述”丰富。有时，你面对着从你的直觉中涌出的话语，犹如面对一个陌生的对话者，一个“它”。你会感到诗歌的意味并无结束，你与它之间，关于“存在”的对话在不断重新开始。

・天才诗人有一个标志：在三言两语的言辞中“聚拢”起存在本身。

天才开“天听”。创作其实包含一种“聆听”，聆听语言自身的言说，听从语言对你的引导和召唤。当它被你写出时，常会有你意料不到的丰富性而自成格局，令人快意地迷失，舒心地惊愕。

・我写文章全是用电脑，但写诗从不用。喂，告诉我道理在哪？

・有创意的诗，一定提出了“诗是什么”。

・诗人善饮，一个有趣的问题。诗史一半是酒史。现代诗中饮酒诗篇亦不在少数。借“酒”，道出了诗人对一切陈规禁忌的不屑，对自由敞开生命的向往。所谓“酒神精神”？

酒被诗人赋予新的生命价值内涵，它所造成的形神相分的欣快幻觉，消解了世俗中人与人的隔膜和森严的等级制度，大家面对的是同样的“内心火焰”，诗人们开怀畅饮，尽欢而散。

酒是诗人液体的火焰，他吁求充沛而沉醉的生命力，行动的欢乐，欲仙欲狂的激情，出神入化的灵性。在酒中纵蹈的人生，既有直观的敏悟和无畏的吟啸，又有直面苦难的勇气。

无羁的饮者具有个体生命的本真性和不可替代性，在这种狂喜与痛楚交织的状态中，生存的黑暗、实用理性的压抑、道德的禁忌被悬置一旁，酒神——强大的生命力的解放与欢乐——显示了最充分勃发的人性，使他敢于与痛苦和灾难相抗衡。

在诗人笔下，酒又是“四海之内皆兄弟”的平等的象征。

是啊，生命何其短暂，对浮世之豪饮、欢娱的依恋并非单单指向遁世，它是否也使我们敏悟到人生应以挣脱种种社会羁绊、赢得自由的心态为目标？

· 今天，人们的经验高度复杂，又空前隔绝。诗歌是化解隔绝的力量。

· 诗人用来谋生的职业身份不重要。诗是一个人的精神行动，内在的“我”。

· 诗歌也可以作为对诗歌可能性的试错来阐释。

· 现代诗只对处于困境中的人感兴趣。

· 不少时候，我们对一首诗理解的差异，其实是个人感受力、感受性遗传“基因”的差异。

· 有批评家呼吁建立现代诗的“常态”。什么叫常态？无非是对古典格律诗不自觉的缱绻吧。

·现代诗和旧体诗不只是对抗关系，还有“对抗—共生”、相互彰显关系。今天旧体诗衰落，是由于今人写得不好。

·多褶皱的现实，吁求多褶皱的文本。

谈现代诗多褶皱，只是谈对其特性的认识。

无论多褶皱文本，还是流畅文本，都不是艺术评价标准。

·了不起的诗人，必能写出神秘经验的“合情理”感。

·做诗歌批评时间太长，三十多年啦。我经常发现有些诗人瞒天过海，改动诗末签署的写作日期，拼命往前提。他们想干什么？日期，有很多致命的附带信息，成为诗歌文本的重要成分。意思是：“看看吧，多年以前，我已发明……”

·现代诗之“读不懂”，恐怕也是世界范围内的问题。我认为，表达方式的含混乃至晦涩，是20世纪现代艺术（文学、美术、音乐等）的共同特征之一，很难想象哪一种现代艺术与“晦涩”无关。人们不理解现代美术和音乐，会老实地承认自己理解力、审美感受力跟不上艺术家；可对现代诗“读不懂”，他们就敢空前自信地认定诗人是“艺术的败家子在胡闹”，而从不想是否自己有问题。这种姿态算是敬重诗歌还是轻慢诗歌？难道现代诗不是某种有关生存和生命复杂经验的“特殊知识”、一门严肃而难能的复杂语言技艺吗？凭什么它就还应该是类聚化的老少咸宜的“哲理”？一种行云流水消闲遣兴的“雅好”？

·在我看来，“当代诗”，不仅是个时间概念，更主要是个精神空间概念。所谓“当代性”，其中含义之一是，它标明已没有永恒不易的、非历史化的关于诗歌的“本质”，只有具体的、历史性的诗歌写作和诗学实践。作为一种历史生成的存在，对当代诗的论述，应找到一个临时的价值支点。我曾试图以“个人化历史想象力”作为这个临时支点，为当代诗的写作和读者的知觉提供某种理论力量。

·日常生活不等于诗。把日常生活情境写得不可重复，令人惊愕，屏息凝神，重新打量，容留自反性和意料之外的关联，诗歌于此才脱颖而出。

·这时代特立独行的人太少，关心灵魂问题的人太少，受过合格的艺术教育的人太少（瞧瞧那些大学的大多数文学教授、博导，他们怎有能力启发真正的艺术趣味？），有沉思默想习惯的人太少，能体会语言丰富劲道的人太少，有内在情趣的人太少，容忍奇思异想之无用性的人太少，为力推好诗不怕赔钱的出版社太少，大型诗歌评奖不出明显闪失的太少。

因此，我的看法是，人们不读现代诗也不是什么过错，他们与诗并无仇恨，只是没有任何关系。既然没有关系，就不必以全称的“广大读者群”来比照现代诗的冷落了。写好写坏，诗的读者终归是少。我要反对的是那种认为是诗都写得不好或用“看不懂”来指责诗人的人。我的观感是,“能看懂”的诗占绝大多数,如报纸上的,各类文学刊物上的,他们也不看或看不上,他们专拣看不懂的诗看,结果一肚子憋闷。他们是想求个调和,“又懂点又不懂”。他们需要平均数水准的诗,比如余光中之类。余光中的修养是一个平滑的文人的修养。文人的写作兼顾个人遣兴和读者接受两方面,而纯粹的诗人,面对的是生命体验与语言的奥秘,是诗本身的成色。

因此把诗写好就是了,读者少虽令人叹息,但也是诗人无法改变的。这不光是中国的现实,也是全球的现实。

· 指责诗人没有理想?在利润成为唯一合理性的时代写诗,本身就是有理想的表现。

· 现代诗的语言是否成功进入乃至局部改变了现代汉语?当然,只需看看 20 世纪 90 年代以来的电视广告就明白了。

20 世纪 80 年代果冻广告:“味美价廉,营养丰富,代办托运,实行三包。”90 年代:“明天的明天,你还会送我水晶之恋吗?”

· 有平庸的坏诗,也有散发着强烈创造能量的坏诗。后者对我有激发力。

· 当代先锋诗之所以费解,不只是修辞基础变化的问题。这代诗人,不只是度过了三个时代,也碰撞、聚合着三种文明。

·上世纪80年代诗歌“快”，90年代诗歌“慢”，新世纪诗歌“不紧不慢”。或许分别对称于“无限能动的主体”“被结构决定的主体”“微弱的、弥散的主体”……

·诗歌写作的“资源”在哪里？在诗人个人的心灵感悟中。无论是“生活”，还是“知识”，都需经过个人心灵的观照。存在即被感知，离开个人心灵侈谈“当下生活”资源，或离开个人心灵侈谈“知识互文性”资源，都是蒙昧的。

在前不久的论战中，某“民间”诗人说，诗歌的资源是“中国经验”。他这话是正确的蠢话。问题是谁说过诗歌的资源是“外国经验”？你写的东西不会直接来自“汨罗江”，也不会直接来自“赫利孔山”上的井泉。你的“资源”若具有艺术意义，只会来自你的心对一切的感悟。我看这位诗人的“资源”是来自赛义德的东方主义，只不过将其变成了连环画版。

·跨文体。我们以前读的诗太多了，形成接受的茧层，唯有异质的刺戟，方能使我们有紧张感。小说打散了我对诗歌语言的“固定反应”。现在我认为，一首有活力的诗，应有百分之三十（或更多些）的“非诗”成分。小说家运用诗的成果就很新鲜，算创新。但诗的创新就很难。让我们变得“低能”一点，“退”一步海阔天空。说到底，写作是人与话语发生的特殊交锋，文体的界线该冲破就得冲破。我关心的是“写”，而不仅是写诗。

·有很多神来之笔，是在持续地胡作非为中产生的。

·在诗中，想象力的“不洁”常是有活力的、迷人的，它捍卫了人对生存、生命的提问；而在生活中，行为的不洁却是乏味的、令人讨厌的。在诗中自恋地宣喻“善”是令人反感的；而实际行为的善，总是令人感动和赞美。

由此可见，诗与生活常常构成某种悖论关系，对各自的情理逻辑，我们不能简单混为一谈。

·艾略特在《鸡尾酒会》中问道：“什么是地狱？”接着他就提出自己的答案：“地狱就是自己。”而萨特在《禁闭》中面对同样的问题时，却答道：“地狱即他人。”

由此可知，诗人与作家是不同的人。前者在对生命的内省中自我获启，后者在对生存境况的勘探中发现了“关系”。诗的创新在今天越来越困难，因为内省是无法轻易“发明”的。

·有人认为，诗歌语言感染力的丧失是由于缺乏“优雅的”修辞。这像是“高中语文课代表”的见解。

有人认为，诗歌语言感染力的不足，是由于缺乏激情的语调。这种看法像是从“话剧演员”那儿得来的。

我认为，我们诗歌语言感染力的降低，并不在于缺少优雅和激情，而在于诗人没有意识到粗朴、笨拙的力量。

·诗的“粗鄙化”在今天更多存在于那些甜腻、平庸的“纯诗”中。那些从素材上处理“不洁”情境的诗人，却很可能有内在的高雅。

·我看到,有的诗人与“天使”结缘太深,以致不得不成为表演者。我看到,有的诗人恨不得买断“新闻联播”,宣布——“我在坚守边缘的孤独!”

·耐读的诗是由那些有用的错误支撑着。被悖理缠绕的诗人我喜欢他/她,他/她延长了人性之光熄灭的时间。因为强作解人比挽留困境更糟。

·个人生命的有限性,使我们在诗中往往无法正确提问。生命体验的差异,使全称判断的经验晓谕往往成为令人费解的玩笑。

·诗中能被肉眼凡胎认识的魔鬼不失可爱,可怕的诗人是那种对魔鬼无比忠诚,却假以圣洁之名。

· 从没有包罗万象的诗歌理念。每个诗人都是为自己的创造特性辩护。要记住:鱼儿在海洋中自由地遨游,同时也是因为它无法在陆地上活命。

·《荒原》是可怕的,《荒原》也是可爱的,因为在“荒原”中,人与人就着伴。

·从诗歌发展史上看,异端邪说变为至理与至理变为浅见蠢说的事，几乎一样多。

· 对诗歌的理解会随着岁月的流逝而成熟。但一个读者的诗歌品味却有天赋的一面。正如人有无清气是天生的一样。

· 在“女性主义”诗歌成为当下诗坛的“超级符号”之一的时代，集中谈论她们，似乎应为自己预设一个有关女性诗歌话语“表意”的前提：她们是表达性别焦虑，精神压抑，讽喻或颠覆男权文化政治，身体和头脑纠葛，语体风格幽魅而奇宕，如此等等的文本。

然而，细读一些优秀女诗人的作品，我们又不得不承认，以上带有“本质主义”色彩的表意预设是要落空的。奇怪的是，以男性居多的批评家们总喜欢用一个类聚化的大网一网罩住所有的“女性诗歌”，将其一劳永逸地定位在男性预设并主宰的表意场域里。在很多时候，对女诗人而言，这反而构成一种“优待的虐待”——似乎如果女诗人的作品一旦不符合他们的预设，哪怕写得再好，它们也是可以被漠视乃至删除的。

这情势的实质，可用一个荒诞的隐喻说明：如果批评家要为自己修筑一条女性主义诗歌表意的公共“地铁”，结果发现多处地下土层的条件不允许他来修筑，那么这些地下土层就是“陈腐”甚至是“反动”的。

· 在诗歌的自由王国里，要使任何意义上的本质主义的表意策略发生“短路”，这就是我的想法。

· 小说家依赖于一个已存的世界，而诗歌的真实性是没有见证者的。因此，即使那些较柔弱的诗人，也有坚定的一面。

· 不要只谈中国现代诗的发生是好还是不好，更值得谈的是它发生前中国诗歌的危机。

· 我并不排除思考的深刻，但对诗而言，生命的深刻才是诗歌意义上的深刻。没有生命意义上的深刻，只有思考的深刻的诗歌，其实是肤浅的。一首诗的深度，体现在它是否引发了话语的语义无法被桎梏，而猛烈拓展开的幽秘的空间，使我们瞬间被吸引、被迷失、被改变。一首诗，这样的肌质密度越高，就越有深度：生命的深度。

· 诗歌应该是对感官的一次震醒。

· 好诗人在我们的认知结束处起步。

· “不知从何说起”，是有创造力的诗的特性之一。真正丰富的作品，会让批评家预设的理论框架“失效”，同时又会激活或“拉动”许多诠释的可能性，获得新的视点。

· 近些年来，有个舆论化的声音——“诗歌越来越边缘化”。从某个角度看，我觉得可以这么说。但是同时要知道，理解“边缘化”还有另一个角度，就是它的“幽灵化”。作为文体的诗歌，其影响力在减弱，但作为一种审美气质，“拟诗歌话语”其实已像幽灵般渗透在生活中。

我们看到的是日常生活中“泛诗歌”气质的弥漫化。今天，类诗歌语言和审美气质不但在大大小小的规训性文本中频繁出没，更在被利用，特别是广告（如房地产、时装、化妆品、饮品、奢侈品等）、短信、电视广播媒体语言、博客、微博、都市广场的标语……中被快意地使用。网络的普及，是泛诗歌弥漫的一件大事，媒介具有难以想象的高传播性、超强的时效性、无限的增容性，种种类诗表述层层叠叠，的确令人瞠目结舌。

· 媒介话语当然有好处，众所周知，毋庸我多说。作为一个诗人，现在我们似乎应看到它另一方面的性质。看到媒介不只是一个载体，同时它会自动改写你所载的内容，它会自动暗示你，你的话语模式应是怎样的，你会自动适应乃至迎合媒介语境的诉求来写作。就像“格雷欣法则”说的，很多时候好的东西可能会被大量次的东西淹没，劣品吞噬良品。

· 现在的媒介语言已不同于此前的媒介语言。其中明显的变化之一是，它们变得“泛诗歌”了，更“拟文艺腔”了，更“甜软”了，更“美”了，更“煽情”化了，即所谓体现在语言中的“日常生活审美化”。大众传媒中的“泛诗歌话语”，对我们的生活实施了“饱和式裹挟”，似乎“诗性之美”已无所不在。随手举出我看到的一个三线城市的一则房地产广告——“此眺望恬然澄明，请选购莱茵水岸高尚社区，眺望星空，诗意地栖居。”再看一则模仿“朦胧诗”语言的广告——“让我们一起度过无数充满低语的黄昏……”它用如此“唯美”的语言，宣传的却是手机。

· 让我们细辨一下媒介泛诗歌话语内质的蹊跷所在。随着时间的推移，许多人已越来越明显地感到，媒介话语这种甜软、细腻的“诗性美文”，其客观功能已不仅仅是在推销商品，或抚慰人们的感官；它其实同时也会通过一种隐蔽的却是有效的无所不在的所谓“美”的暗示，来歪曲地定义、混淆我们所面对的，令人困惑、痛苦、失信的荒诞的现实世界，而使真正反思、批判的诗歌精神，走向新一轮的“娱乐—快感”的驯服式文化氛围。无数大大小小的残酷的现实事件，已一再挑战我们接受的底线，而这种泛诗歌话语无所不在的“美文”的捆绑、涂改，对我的求真意志构成了新一轮的“侵凌性”。

· 有敏识的人们已看出，这种泛诗歌话语，其实也是受到权力规训话语和资本话语所鼓励乃至操纵的话语，只不过其间的利益主体被隐匿起来。权力话语、资本话语被狡狯而柔软地融汇于自然的“审美话语”，即其伪装以“自然化”形式，在社会中广泛传播。所以，在权力 / 资本也利用或玩弄“美学”的年代，泛诗歌话语会在不期然中将人们带进一个虚假的“美”的代理世界，而使残酷、荒谬的生存真相隐而不现。如果现代诗人对此没有自觉的疏离意识，我们的诗很可能会被这种所谓的“美”窒息。

·有一种诗人教我悚然而惊:他的全部工作就是要“与众不同”。由于这不可能做到,他就专门怒斥别的诗人。至少在这点上,他做到了“与众不同”。

·现代诗为什么变来变去?因为新一代诗人为了摆脱“影响的焦虑”,一般会采取有别于前辈的方式来写作。当一种写作方式的“能量”被整体开采出来,总是会给后来者投下阴影。这就是我所说的“诗歌写作风尚在自身的历史演进中会采取不同的轮换方式”的原始动因。

·我想,当下及未来一段时期,我国先锋诗歌界的强势话语之一可能还是“后现代主义”。“后现代”理论本身无所谓好坏,因为它只是个向度纷繁、彼此龃龉的庞大话语场阈。关键是针对我们具体的历史语境,怎样对之进行有效的选择或“借用”。

按照伊格尔顿的说法,“后现代性是一种思想风格,它怀疑关于真理、理性、同一性和客观性的经典概念,怀疑关于普遍进步和解放的概念,怀疑单一体系、大叙事或者解释的最终根据”。可见,作为一种话语场阈的后现代性,其内部不同的具体含义是广阔的、含混的、可选择的。

就此而言,在被人为夸大的主体性神话、基础主义、本质主义、唯理主义、历史决定论等理念失效后,我们未必就一定要进入廉价的相对主义中。在当下和未来相当一个时期,过早地宣布历史意识的终结,放弃先锋诗歌的人文关怀,对中国诗人而言尤其是危险的。我们完全可以具有新的形式的个体的“承担”意识,在容留歧见、尊重差异、矛盾修辞、多元争辩、悖论和反讽写作中,表达出我们对具体历史语境的个人化理解乃至命名。

·为什么现代诗很少有愉快的?在许多现代诗人看来,创作是苦难和忧郁的象征,犹如内分泌一样,源于生命的内部。

现代诗的先驱波德莱尔就绝对地说过:“我不相信任何一种真正的美,会没有忧郁在其中。”“欢悦是美的装饰品中最庸俗的一种,而忧郁却似乎是美的灿烂出色的伴侣。”(《随笔》)在现代诗人的创作中,几乎是充满了沮丧、苦闷、茫然、忧郁的精神“怀乡之苦”。但他们专注于失望和迷惘并非有意玩弄自恋情结,而是因为这是一种真实的“存在”。

诗人形象不再是浪漫主义才子、吟游者、寻梦者,而是夜行人、孤独者、精神意义上的游荡拾荒者。

·“高射炮打蚊子”式的专业批评,难以对诗歌现实发生实际有效的影响。而且其流弊所及,还助长了某些诗人写作中的讨巧的“创新”:由于受到批评家的鼓励,一些诗人说自己是在“重构话语策略”,其作品不是“可读的”,而是“可写的”。对西方某些当代文论的穿凿领会,使大量的诗呈现出惊人的语言空转,即兴“能指链”的无穷游走。对此“创新”,批评家干脆弃置文本或一掠而过,用泛而不切的“先锋诗学”知识为作品拔高命名。

比如:你的诗没有深度和包容力吗?不要紧,那是"削平深度""消解历史";你宣称你们的诗只是"废话写作"吗?这样说不够专业,应该叫作"零度写作""意义的空缺";你的诗结构散乱吗?那正是解构了"线性视域",是"语言诗";你的诗歌话语完全混沌或词不达意吗?那是"切分话语""始源的迷失";你的诗缺乏个人性吗?那是在追求"不在"的风格,消解"主体性残余";你的诗被内行排斥吗?你还不知道,那正说明你在"边缘"写作呢!

我不想认为批评家是有意怂恿"皇帝的新衣",他们或许只是先锋派诗学的教条主义和本本主义者。但这样的诗歌评论,在不期然中却把诗人在最放肆状态下也绝没有梦想到的"成就"命名出来了……

· 一个诗歌批评家的感动,是对诗歌作品的感动,而不是发现了诗歌可以印证你的学术之"思"的激动。好的诗歌批评家应知道对艺术本身魔力的体验,纯粹的学术运思其实使不上多大劲。批评家夸大写作方案、策略的力量,使创造的细节复杂性全部消失了。

不能认为有深度的文学作品,就是符合某一哲学流派的论旨。不待说现代诗,即使雅文学《红楼梦》,俗文学《白蛇传》,都提供了文学自身的"悖论"式的深度。

· 诗歌批评,重要的不是还原诗人的意图,而是阐释文本所表达、所激发的东西。但要记住,还有更重要的是,阐发诗歌所携带的"趣味"和活力。

如果诗歌批评一定要有功利心的话，那就是辨认好的趣味，纠正坏的趣味，发掘建构一时代纯正的诗歌口味。

· 我们的祖先曾云："诗无达诂。"西方某些智者也将解读现代诗戏称为"小孩拆表"。然而，就我个人而言，对"诗无达诂"的另一种解释是它在提醒人们：要做到"诂诗"与"悟诗"的统一。经验告诉我们，恰当而有趣的"诂"与"悟"的平衡，往往会使诗歌更为诱人。而对"钟表"，我们也不妨拆拆看，探询一下它的"秘密心脏"的魔力何在——但愿这个顽皮的孩子还能再将它完美地攒起来。

· 现代诗论的主要工作之一就是纠正"从来如此""那还用说"的常识。

· 批评家希望找到稳定的"粒子"，诗人进入的却是"波粒二象性"。

· 好的批评家，"致广大而尽精微，极高明而道中庸"。次好的批评家，尽精微而不致广大，极高明而不道中庸。差的批评家，道中庸而不极高明。

· 何为"细读"之细？细，不是挤榨，乃是"更完整地读"。

· 好的批评家要同时回答如下问题：诗歌说了什么？怎样说的？由谁说？对谁说？在什么时间和历史语境下说？纳

入何种意义系统中说？

这就既离不开对诗歌揭示的具体历史语境的分析，同样也离不开对个人话语的修辞学分析。因为，诗歌不仅表达了诗人的情感经验，而且表达这种情感经验的修辞路径本身，也是他的历史的情感经验的重要构成部分；换言之，不只是他的情感经验运用了某种修辞，同时也是这种修辞才“建构”了他的历史情感经验。诗歌批评的历史化、社会化内涵，其实是被内化于语言修辞方式里的。

在很多时候，不只是诗人的意识和修辞的才能决定着话语的意义，而且还有具体历史语境中话语的集体无意识的“自我运动”，决定了诗人的意识。

·人的想象力和思考力，人对生活的敏感，语言内部有趣的复杂性，这些都是我极感兴趣的东西。而诗歌，则将这一切包括进来，而且表述得如此轻逸、神奇、诙谐。人可以在很短的时间内，领悟丰富的内涵，参与幽秘的心智博弈游戏。在另一些时候，诗歌还满足了我心中渴望“逃离”、渴望“迷失”的部分，给我安慰。因此，很难想象的不是我竟如此热爱诗和诗论，而是我不热爱它们。

·危险而美妙的平衡，是我对现代诗艺术魅力的大致体验。“危险与美妙”，是两个相互激发、相互平衡、相互吸引、相互发现的因素。

对现代诗的艺术而言，缺乏创造力带来的“危险”的陌生感，诗歌就成了“安全”而乏味的仿写。而如果没有“美妙”在其中的“危险”，诗歌就沦为廉价的“实验”的炮灰。好的现代诗人，应该达至“危险而美妙的平衡”。

· 先锋派，现在已快变成了中产阶级附庸风雅的趣味。

· 流行的本土“中产阶级诗歌”话语趣味：凄艳的肉体暗示；疑似病理性的高热/疲竭；穷酸学究怀才不遇的不平和祈叹；西诗原型语象的炫惑；权力话语欲变格形式的精神手淫；分光镜中捕获到的流岚闪烁；试管中爱情死寂的取样；屏闭书斋中的优越感；突然成为冒烟布片的日常备忘录；抱着双肩的对农夫的虚假谀颂；圣约瑟会的旁听生；满兜金卡的驴友……不一而足。这些诗的基本姿势是旁观，坐，躺；基本动作是听听，嗅嗅，吹吹，摸摸。此为各差异模式的共同点。

· 在当下，某些先锋诗艺术的激进挑战，实际上是骨子里的脆弱和干涸。某些“反权力主义”的先锋派，其实也诡谲地建立了自己的权力：即享有浅薄和向社会撒娇的权力；享有不被自己之外的人群所理解的权力（越古怪，“象征资本”就越高）；享有“拒绝诠释”的权力（其实，它们比任何时代的艺术都更依赖于观念、依赖于阐释才能“成立”）；享有将无聊的废话冒充“超语言”的权力；享有永远围绕“性爱”这个总词根，将之万变而又不变的“抽象”权力；如此等等。

· 在现代诗中，“小就是大，少就是多”。诗歌之“大”，不是指题材体积、语境幅度的巨大，而是体验力的博大和穿透力的强大——压力面积越小，压强反而越大，这一力学常识对现代诗同样适用。

·关于诗人，我记住了这个说法："如此安静，聚集起整个天空的闪电/静默的瓦松知道——我的本质屋顶上的避雷针。"（蓝蓝）这里，诗人越反复言述"安静、静默"，我们越会感到聚集着的雷鸣电闪的力度；而屋顶上的避雷针，既是建筑物上纤细的金属棒，以避免建筑物遭到雷击，它自身又最早承受着雷击而在尖端放电，使云层所带的电和地上的电逐渐中和。

这两行诗句，聚合了丰富的感觉、情感、经验和思悟。诗人说这就是"我的本质"——诗歌虽是承受苦难的，但最终是安慰人心、化解仇恨对抗的力量。这样的诗句，充满着内部纠结的奥义，是悖论也是安慰，是承受也是博取，是苦难也是高傲，是激烈也是静默，是升华也是沉实……

·勃莱《反对英国人之诗》："贫穷而听着风声也是好的。"这句话意味深长。它既是自豪，又是反讽：对诗而言，那种连风声和自然之美也不听不看的"博学诗"，难道就真是"富有"的么？那些丧失了对情感和自然的敏悟的诗人是"不好"的，而能"听着风声"的贫穷诗人，才是真正的富有。

·海德格尔诗学的重心之一，就是探究诗歌话语中"遮蔽"与"敞开"的关系。遮蔽，乃是海德格尔后期哲学/诗学的核心概念之一，对先锋诗人们影响很大。在海德格尔看来，"语言是存在之家"，而那些未被语言"命名的光芒"照亮的存在，就是处于“遮蔽”的、“湮没无闻”状态的存在。一个真正的诗人的使命，就是“通过自己的言说使存在敞开，澄明朗照”。

海德格尔的理念具有深刻的价值，但是在人们的理解中它却被简单化了。人们将诗的语言等同于明晰的日常交流语言，而“去蔽”，在中国，则被粗陋、减缩化地理解为“说清楚”。其实，更值得我们注意的是，海德格尔所说的语言“命名”，并不是简单重复对象的“已知”，还应有能力揭示其内部“未知”的意味：“诗人命名诸神，命名一切在其所是中的事物。这种命名并不在于仅仅给一个事先已经熟知的东西装配上一个名字，而是由于诗人说出本质性的词语，存在者才通过这种命名而被指说为它所是的东西。这样，存在者就作为存在者而被知晓。”（海德格尔《荷尔德林与诗的本质》）

·求真当然要求“去蔽”，但不要将“去蔽”简化和扭曲。海德格尔说，诗的艺术之“真”，应包括“把难以穿透的存在奥秘，作为奥秘，在语言中凸现出来”。把生存大地的不可穿透性的部分，也显现给人，反对将存在平面化、单向度化、逻辑化、数字化——“只有把遮蔽者深护于遮蔽中，才得以让人看到”，“大地自身作为敞开性澄明，唯有当它被看作和被保存为那凭天性是无法敞开的，那从任何敞开抽身而回并保持自我的归闭……大地的本质是自我归闭，显现大地即将它作为自我归闭者进入敞开之中”。（海德格尔《诗·语言·思》）

所以，就诗歌而言，“去蔽”的另一重意思还包含着“必须把奥秘作为奥秘加以呈现”，“只有把遮蔽者深护于其遮蔽中才得以让人看到”。

诗歌的目的不是将世界进行类聚化编码，而是守护世界鲜润的质感、内部的丰富神秘意味，揭示那些只能经由诗歌所揭示的东西。它以含混、复义的光晕，展露生命存在之谜——“把奥秘者作为奥秘者来言说”，正是体现了“如其本然所是”的艺术真理，并且也昭示了生存原有的神秘力量。（海德格尔《诗·语言·思》）

·在我们今天生活的世界上，整体主义、本质主义、历史决定论、资讯语言、科技霸权渐成媾和之势。个我体验中的“自然—生命—语言”的奥秘，越来越被粗暴地减缩，最终它们面临着被彻底通约化，乃至被删除的威胁。权力话语、资讯话语、科技话语以所谓的“明晰性”，僭妄地担保自己能“分析”“说明”一切，能钻透生命世界和灵魂之谜的核心。殊不知它遗忘、减缩、绕过了多少东西！它时常许诺给人们一张乏味的“单向度世界”的入场券，竟自诩为什么“现代化”。当此之际，诗人更要自觉地捍卫灵魂和语言在与世界相遇时的复杂性，要有现实感和超验性的“双重视野”，要敢于对人们说语言可揭示的心灵边界“不仅如此”，要能够在写作的道路上发现更多未知生存的点滴、灵魂秘密的点滴，避免把生存和历史单维化、表象风景化。

罗特·魏恩在其著作《论保罗·策兰》中如此表述先锋诗歌语言与读者之间保持必要间距的意义：“在读者和诗歌之间设置的这种距离，不仅使作品经久不衰，还使它永久地远离媚俗和消遣的趣味——这后一种美学范畴，有多少正统思想的作品，本来想见证和传达美好的东西，却败在其下。”

·不必用西方现代诗与中国古典诗艺的重合，来证明传统诗歌的“先进”。

·当代有创造力的诗歌，是消解整体性话语的诗歌。何谓“整体性话语”？诗人为何要质询、拆解它？

整体性话语，是指人对“真理”的“完善共识”的陈述。人们相信外部事物，人类的生存和历史均有着固定不变的本质、基础、秩序、逻辑发展和预设的目标。而且这种本质、基础、秩序、逻辑和目标，已被“卡理斯玛”式的人物和理念所发现、所命名，后来者的任务只是反复认同这些预先置入的总体的“理念”。如果个体的经验和思考与整体原则提取出的“共识”发生了矛盾、断裂，那么，需要修正的永远应该是个体。因为整体共识已先验地“完善化”，它貌似“自洽”地具有绝对性和价值上的唯一优先性，它是合法的知识（话语），并同时指出任何与它相悖的东西均为“非法的知识”。

由此可以看出，所谓非法的知识不过是与总体性知识不同的、被压抑在权力话语之下的经验的知识，喑哑的知识，不愿被规训化的知识。而有创造力的诗人，却正是要挽留和解救出某些被排斥的个人感受、思考和灵魂体验，从确定性中引出不确定性，从被奴役的大写的绝对之“思”中，分裂扩散出小写的“我思”来。在他们笔下，真理、圣者和正典不再根源于先验的永恒意义，诗人不再使自己的译解活动成为对先验结构的卑屈模仿和对先行设定不容分辩的真理的意义透支。他们一门心思是要揭示出表面上严格、稳定、和谐的观念的内在矛盾和紧张态势，使它们“问题化”而不是“结论化”。

·朦胧诗中严峻宏大的“人”的形象，是在整体社会历史语境的严寒季节中冻结、雕凿而成的，是那个历史季节准确的反映；当80年代历史的季节温度转换时，“它”的融解和柔软化就是题中应有之意。

·“Beat”在美国英语中含义很多：厌倦，疲惫，焦虑，耗尽；爵士乐、摇滚乐中的节拍，敲打；以及由 beatitude 一词引申而来的心灵的解放，坦率，原始生命力的直觉、感觉，宗教精神的至高至美之境……将“Beat”译为“垮掉”有一定道理，但不能涵盖这个词另外的义项，而且还带有明显的否定性。近年来国内有学者音义兼顾地将之试译为“鄙德派”，倒庶几接近它的实质。但“垮掉”的译法已为人们广泛采用，我们只好从众。

·80年代的先锋诗歌，在今天看来尽管显得“生”，但这个“生”有双重含义：生涩与生龙活虎。那个时代的诗，在技术上有诸多问题，但有一点是了不起的：为诗歌的历险提供了继续进行的机会或可能。语言的深渊被高高举起，人的语言困境，经由这一“深渊”彰显出来。

·为何警惕诗歌的“升华”？在我们置身的历史语境中，诗歌的“升华”往往容易为文化中的腐朽部分、专制成分所利用，甚至和意识形态的“改造”机制，个人方式的道德献祭仪式扭结一体，成为抹杀个体生命自由尊严的“脱胎换骨”做“新人”的神话。

·马拉美说：“报纸是一首隐形的诗。”如果不考虑马拉美本人优雅精审的诗歌，只就他对文本中远距离事物平面并置或曰“拼贴”的敏感性来看，他已预感到了——或许不无忧虑——诗歌可能出现的变异。

进一步说，当下诗坛又何尝不像一张“隐形的报纸”？各种时间维度，各种主题类型，各种题材兴趣，各种话语范式，如此等等，都在一个平面上展开着。

·过去对先锋诗是彻底的排斥，现在是彻底赶时髦的认同。我认为，后者更值得警惕。

· 中国现代诗人写的“田园诗”，大致有两种路子：其一是对所谓“禅诗”的仿写，但却以晦涩的诗意和诡异的措辞进入，实质上背离了“禅诗”在自然怡人中开悟的真髓。这一毛病，在台湾现代诗中体现得较为明显。

第二种是把“田园诗”写成了“旅游诗”。我认为这是工业社会的人对大自然最虚伪的感情。与中国古典诗人不同，现代诗人们似乎只对被人工扮饰过的著名的“大自然景点”有兴趣，写这种诗几乎成为对自己“高雅的生活方式”的炫耀。这一点是许多大陆现代“田园”诗人的宿疾。

人是大自然中的一个音符，人与自然彼此开合注息，这本是中国古老的诗歌谱系之根。哪承想这“根”不是在中国而是穿越大洋竟接通了美国“深层意象诗”，怎不教我微微惆怅呢？

·矫枉过正：年轻诗人在宣告一代人新的诗歌理想时难免要“矫枉过正”。这种偏激是任何倾力创新的诗潮都不可避免的。在对审美理想的表述中，“全面和辩证”，这当然也很好；但太“全面、辩证”，就等于什么都没说。在新旧不同的审美型构嬗变的“非常时期”，强调“反常”“断裂”乃至革命性“取代”，自有其内在的必要性。在相当多的情况下，不同的诗学范式的确是难以相容、互补的。况且，新的审美革命，往往是由于旧的审美范式的严重危机所引起的，从这个意义上说，前者也表达了后者内部渴望变革的诉求。

·为诗之道，深且险矣。一个诗人，一出现就直指“本体诗”，既是好事，也可能是“坏事”。特别对有更宽大精神视野、才智和抱负的诗人来说，艺术本体的自觉不是写作的归宿，毋宁说它更应是一个可信的“起点”。诗人要有能力将关于“好诗”的“共识”作为新的背景，由此出发，进一步去开拓个体灵魂话语的领域。

一个现代诗人，如果从未经过本体的自觉，他永远不会成为真正的诗人，在一般情况下，只会成为不断激进“实验”的炮灰。而若他始终停留于元诗，也只能获具美学风格、趣味范畴内的“高雅之诗”，却不会是拥有个人内在经验、精神气象和话语秘密的重要诗人。

·读一些诗，感觉从语言、结构和情调上几乎都满足了纯诗“界线”内的要求，但从更高的标准看，满足了纯诗“界线”内要求的诗，未必就是元气淋漓的个人灵魂之诗。在许多时候，它们（界线）是通向已成经典诗歌系谱在审美风格上的“好”的结果，而不是通向迫使诗人拿起笔来的“原始”力量。它们之所以很少受到诘询，其中一个原因是由其内在的“他性要素”决定的。

所谓“他性要素”，从消极的方面看，有些就是由“仿照经典模板”攒成的诗。从积极地重视历史生成原则上说，当然也包括写作中不可避免的文本间性（互文性）。此一文本与彼一文本，现在的文本与过去的文本总会发生联系，并组成新的文本织体。由于新的文本在与旧的文本的关系中获得自身的意义，因而“文本间性”就成为引发和扩充意义的场所。

然而，“他性要素”只是创作中的原则之一，特别是对诗人而不是对理论家来说，它不是首要的原则，更不是唯一的原则。

· 在谈到一种文学或文化是通过“神圣化”和正典的“合法化”的交互作用来产生压抑的时候，福柯说：“问题在于有人在这篇或那篇文章里作如是说固然不必大惊小怪，然而假如与此同时……全都或明或暗地告诉你，如果你想知道一种文化的那些伟大决断，即它改变方向的转折点，那么你就必须去谈狄德罗和萨德，或者黑格尔，或者拉伯雷——这些书里都有答案……这就导致很严重的政治（话语）封锁。”

的确如此。我们看到在中国先锋文学艺术界，当含混、歧义和文化隐喻的措辞方式被过度开采后，事实上它们也体现出另一意义上的单维直线体验和思考方式，并造成了“神圣化”“合法化”压抑。有不少诗人把语言的意义同经验事实隔离开，并把既成的文化“隐喻”无条件地接受下来，这同样是把多向度的语言隐蔽地“清洁”成单维平面的语言。如果我们不许辩难“先锋派”的语言通则，如果我们不再有能力从日常语言中汲取活力，如果我们不愿进一步探讨制导着“隐喻”构成的意识形态和“西方中心”，那么我们就只能顺从“先锋”的现状，再不能做其他有效、有趣的事。这事实上也体现了“肯定即成规训”的胜利。

· 但是，今天值得我们注意的还有，同样也不能将“拒绝隐喻”、口语写作、反文化写作“神圣化”和“体制化”。我认为将之“神圣化”的不良后果，近几年更明显地暴露出来了，它造成了新的压抑机制。当代日常主义诗歌，已走进一个进一步反智、自恋地玩味琐屑、陈旧的个人欲望的贫乏世界，对平面化的自觉追求已经严重伤害了底蕴原来就不深厚的当代诗歌。它们用鸡零狗碎的口水废话制造的“艺术”，比它欲毁掉的更无价值。

· 近年来中国诗歌体现出进一步的“去浪漫化”和“抒情—表现”性的逊位。这种态势的出现，与具体历史语境的变化和诗人对深度写作的探寻有关。一些诗人意识到：我们的诗歌传统是雅驯的抒情性，我们的诗歌素材是“纯正”的，但面对剧烈变化的活生生的时代真实困境和历史的个人化体验，这些诗的承载力远远不够。诗歌素材上的洁癖和表达方式的单一，是问题的现象层面；而造成这一现象的深层原因，其实还与我们对诗这一古老文体，在当代新的写作可能性的探求不够有关。

· 在我们的观念中，诗是抒情艺术，主观"表现"艺术。尽管诗人们抒情—表现的话语形式及意味有高下之别，但它们却有同等的根基：抒情—表现，作为一种写作姿势往往通向主观和绝对。由此，诗人与读者达成了默契——"我是在抒情—表现，你们是在接纳这种抒情—表现"——即使有时读者排斥诗人所抒发、表现的内容，但他同意诗人预设的姿势、发话的"语法"。我承认，从专业意义上看，这是"阅读期待"的一种进步。但问题还有另一面。我们看到，长久以来诗人过分享受了这一默契，流弊所及使写作成为"幼儿统治"(infantocracy)的暴力性表达。他单一、绝对地抒情，歌唱，叹息，自恋，亵渎，邀宠，斥骂……以物而喜，以己而悲，暗中以为自己拥有着对诗的"真实性"的全部解释权，具体生存的真实和人的情感经验的复杂性却被悬置一旁。抒情—表现，这一具有广阔选择可能的观念，在这里被导向了主观和绝对的自我抒情，或对抒情的反向寄生(那些出于情绪化二元对立的"反抒情"，乃是一种更大的变态的煽情)。

这样的诗歌姿势固然有其合理性，但又有虚弱和不成熟的一面。它降低了写作的难度，抑制了灵魂求真意志的成长，使诗走向新一轮集约化、标准化生产。它难以有效地处理复杂的深层经验和把握具体生存的真实性，丧失了诗的时代活力。更严重些说，它在不期然中也以另一种方式加入了"集体遗忘”的行列。

或许诗人会说，我的绝对化抒情对我而言具有真实性。但在我看来，诗人情感的真实不等于诗的真实。前者指向诗的发生学，后者指向诗的效果历史。后者乃是艺术问题的致命所在，它使诗歌摆脱诗人而具有自我确证、自我持存的现代诗的艺术价值规范。

· 对那些有精神敏识力的诗人而言，“圣词写作”往往通向乌托邦式的宏大叙事、堂皇抒情。圣词，指写作中使用那些带有不容分说的本质主义、整体主义、道德优势、绝对知识、代言人姿态和自动升华的核心词。对许多诗人而言，圣词遮蔽了生存与生命经验的矛盾性、差异性、此在感，使诗歌精神类型化、整体化、彼岸化，与诗歌在具体历史语境中深入揭示生存和生命真相的功能相抵触。圣词，与哲学家理查德·罗蒂(Richard Rorty)在《偶然、反讽与团结》中创造的术语“终极语汇”(final vocabulary)可相互替换，“这语汇之所以是‘终极的’，乃是因为凡对这些语词的价值产生了疑惑，其使用者都不得不求助于循环的论证，以求解答。那些语词乃是他在语言范围内所能做到的一切；超出了那些语词，便只有无助的被动，或诉诸武力”。

但不要以为这种理念在实践的认识论上必然导致虚无主义。罗蒂、利奥塔等人，一方面指出“后哲学文化”“后现代知识图景”，是批判乌托邦主义、宏大叙事、本质主义、决定论；另一方面，他们也在强调，人类还是应有着认识生存和生命的勇气，使整体性叙述分散在表意的、实践的、描述的话语中，强调

"多元共生"、差异性对话,"向整体性挑战,让我们做那不可表现之物的见证人,让我们启动差异,并拯救它的声誉"。

中国诗歌告别"终极圣言"式写作,其写者姿态的变化,其精神脉络与上述背景或有相似之处。回避对"终极""绝对"的追寻,并不意味着诗人放弃对诗歌精神的坚持。如何在真切的个人生活和具体历史语境的真实性之间达成同步展示,如何提取在细节的、匿名的个人经验中所隐藏着的历史质量,正是一些中国诗人试图解决的问题。正是这种自觉,使当下中国现代诗在文学话语与历史话语,个人化的形式技艺、思想起源和宽大的生存关怀、文化关怀之间,建立了一种深入的彼此启动的能动关系。

·叙事性诗歌,我格外看重的是诗人的诚恳度。诚恳度低的叙事诗,一文不值。

好诗,一个个情境、细节、人物性格、生存和命运,已被诗人写得如此真切、不加虚饰,读者自己去感受好了。某些诗,诚恳度高,往往会"出格"。我们不必以简单的道德评判去对待这些或惊世骇俗,或令人捧腹的奇人逸事。诗人是观察者,不是道德家。他既不是在"歌颂"也不是在"批判",他要做的只是钩沉往事,在文本中唤回逝去的时光而已。这些人与事或许并不"高大完美",但却焕发着某种人性的、豁达的活力。诗人以富于敏识力和幽默感的笔调,写出了一个个快活、健旺、漏洞百出的性格,以及在挣脱乏味的生活藩篱时所做的种种有效或荒唐的努力;同时,让我们触及他们的血肉之躯——对一首好诗而言,这也就足够了。

·一个真正有创造力的诗人,必是不断给批评家出难题的人。他无法被纳入某个类型,某种范式,某段潮流。作为一个有重要性的“诗化个人”,他的形象是无法锁定的。他扩大了批评家的茫然,提醒了他们的无知,激活和召唤了他们的理论想象力。记住,个人是最多的,比整体还多出一个。

·斯宾格勒在《西方的没落》一书的序言中表达过这样的意思:一个在历史上不可缺少的观念并不是产生于某一个时代,而是它自身创造那个时代,这一观念只是在一种有限的意义上才是那个注定孕育的人的所有物。

我以为,斯宾格勒这句话既说出了某方面的真相,又显得“亦此亦彼”。在我看来,在很多时候,时代是跟着个别注定孕育伟大观念的精英前进,而非相反。伟大的“观念”可以创造一代人自己的精神“亚时代”。比如,我所期待的新的想象范型——个人化历史想象力,恰恰出现于一个它几乎难以出现的年代,不是时代的主流话语催生了它,恰好相反,是它自身创造了属于它自己的时代,一个与彼时的主流话语抗辩的一代诗人历史想象力范式崛起的时代。

·所谓“个人写作”,不应是个狭隘的概念。它不是指诗人只关心个人生活,并以此为写作的基本材料,而是指从个体主体性出发,以独立的精神姿态和判断力去处理生存和生命中的问题。或者说,它不是个题材概念,而是个个人处理的“主题”概念。我要反对的是那种将“个人写作”内涵简化的做法。除此之外，还有人将“个人写作”当成一个“风格”概念来使用，同样也缩小了它的意义。

· 中国诗歌中的我，就是诗人。这影响了诗歌的丰富性，变得只是抒情，而且多是“比德”式的抒情。

要有诗人塑造的“说话人”的声音，要有诗人想象的“叙述者”的声音。诗歌也可以建构出自己的人物、形象、口吻，那不一定是诗人本人。

· 生存和生命的复杂含混，心智的发展，阅历的丰富，决定了诗歌话语形式的变动不居。如此说来，那些只为一种风格而写作是可疑的，那是一种源于阅读或是累积象征资本的写作。这些诗人的写作动力，通向的是某种已成的“好诗”。他们会依据已成的“好诗”的成功经验、模式不断仿写，也能写出貌似质量稳定，以至于使人看不出哪首更有价值的诗来。

表演你的风格，是很小的一件事。大诗人笔随心走，随物赋形。

· 在一个追名逐利的诗坛“小世界”，只有有定力的诗人，才有本领保持自己的不定性；只有追求创造力的快乐的写作者，才能够，或者说才敢于捍卫自己“变色龙一样的精彩本色”。

· 我喜欢不断变化超越自己的诗人。尽管在这样一个艺术驯服主义国家，“多变”被蒙昧地意味着观念动摇，主体意志薄弱，晚节不终。其实，诗人作为具有独立精神和意志的个人，时刻处在对陈规和准则的重新估价中。一生没有变化的写作，是反常的、不值得有的；没有变化的艺术精神，是以“坚定”掩饰着自己的空虚、机械，了无内容。

上帝没有赐予动物但赐予人自我改变的能力。

· 真正的诗人，对生存意义的个人化发现，对人性秘密的显幽烛隐，对语言可能性的摸索，一生不停。

· 成熟的诗人笔下，理性成为烛照非理性的镜子，而非理性也成为理性可能的延伸。

· 中年以后，我更认同在诚恳乃至笨拙中潜藏着的灵韵，既是指诗歌内含，也是我心仪的语言方式。这样的诗人往往选用恰切成熟的口语，真实地表达内在经验，并试图用具体超越具体。于诚朴中求真味，于直接中求隐奥，意味着诗人对语言的挑战进入了另一个量级。“中年写作”，不再追求烈焰熊熊的效果，它更像是恒久的木炭，不会纷扰我们的视线，使人凝神。

· 诗歌要有对此在生命的爱、惦念、体谅、内疚。念念不忘捕捉那些细小的人性的清气，即使对人性的迷失，也不要采取居高临下的怒责，而是沉静的质询，亦庄亦谐的反讽和宽怀的叹息。弗罗斯特说：“我和世界有过一次情人的争吵。”

·真正的诗人会深深体验到生存的阴晦和险恶，但仍然相信生存意义的可能性。他的观点是，即使这世界已变得歪歪斜斜，但作为诗人个体，应该也可以把握自己的言行，从而至少从个人意义上，否定荒诞和混乱。

·阿什伯利说："我为自己而写作，但不是用自我陶醉的方式。"熟悉欧美浪漫主义诗歌传统的读者会知道，阿什伯利说的"自我陶醉"所指何在。浪漫主义诗歌当然有其价值和魅力，但又有一个致命的缺陷：诗人在诗中美化自我，表现自己想成为的人生形象，将理想化的自我人格当作现实来歌咏。理想化的人生形象并不能保证写作本身的价值，一旦将之滥情化，反而极有可能伤害诗歌艺术。

·好的诗歌写作，体现了"小就是大，少就是多"的诗艺原则，在此，诗歌之大，不是指题材和语境表面上的覆盖力，而是指诗人个人化的敏悟力的强大、发散力的广大。

·或许可以称之为"后知识分子"写作。一种新的精神姿态和书写格局触动了我，我看到一种新的"说话人"出现了——他们不是鸟瞰大地的激情之鹰，不是由品鉴性启发的神韵妙悟里手，也不是华彩能指的炫技者，甚至不是以诗完成文化批判的"知识分子"，这些新型的"说话人"，其独特精神姿态给我的观感是：其是一个对存在有个人化想象力的诗歌从业者；游走于校园、写作间和差不多同代文化人圈子，对其闲散时光中丰富隐秘的私人关系及精神成长史的分析和命名者。他们揭示了这代人内心生活和室内生活(微型剧式的)尚不为人知的“喜剧”领域,表现了这一特殊精神小区的生存和生命状态。

虽然他们的立场及修辞特性是反讽的,但在情感上又有某种程度的赞许,乃至易感的辩护。他们肯定现时生活,并将此作为有助于自我获启及保持对生命奥秘好奇心的欢乐源泉。他们很少感情脆弱地怀旧。他们不急切认同可类聚的道德优势的批判性,并警惕这种批判性成为新的教条。他们的反讽,经由个人秘密快乐写作的棱镜折光,平衡为几乎是复议式的微妙的“生活颂”。他们或许是公正地讲述了当下年轻读书人的生活中那烦扰劳神中的魅力。他们有能力并乐于从中汲取“非诗”材料,在智性中展开“对话—场景”性修辞,并享受写作的丰盈与欢悦。

是啊,我有些老了,我不熟悉这样的精神姿态,它很深地吸引了我。

· 某天,我对自己说:别再抱怨了,老陈。无论在任何时代,值得倾听的诗人都是寥寥无几的。

· 夜深人静。窗外飘起冬雪。这是天空中落下的唯一使人不必设防的东西。你在写诗。一切喧嚣止息了,你得以坐下来面对自己。你发现自己心灵中残酷、阴沉的一面。有时,写作就是坐下来提审另一个自己。

第三辑

话语斜坡

精神重力与个人词源

“精神重力与个人词源”，代表着我对先锋诗歌价值的基本认识。我以为，对先锋诗歌而言，诗歌外在的型模“成规”，还不是决定性的，决定性的是那种“表达现代人对生存的特殊感受力的特殊语言”，即先锋诗歌的意味和表达其意味的话语方式，是同步发生、彼此选择、彼此发现、彼此照亮的。这决定了优秀的先锋诗歌，不仅是特殊的修辞技艺，也是诗人试图揭示和命名生存、历史、生命、文化中的噬心困境所产生的“精神重力”。

而且，这种“精神重力”体现在先锋诗歌中，也并非类聚化的“代言人”式表达，而是来自于诗人个体生命体验所浸润的“个人词源”。在现代社会，先锋诗歌要为捍卫个人心灵感受的价值而申辩，诗人虽然要处理个人经验中的公共性，但更专注于公共经验中个人的特殊性。诗人寻求个人化的语言，个人化的书写、命名能力，常常将公共化的语词变为个人“发明”的新词，像是汲于“个人词源”的深井。

我以为，同时坚持这两个维度，将有助于我们在新的历史语境下衡估“诗与真”的关系问题。在此，“精神重力”和“个人词源”，是在对话关系中展开的两个相互激发、相互平衡、相互吸引——简言之，是“相互赠予”的因素。对先锋诗而言，缺乏“个人词源”的“精神重力”，时常会沦为乏味的见证式表态；而没有“精神重力”在其中的“个人词源”，则常常会沦为微不足道的私语化“遣兴”。正是成功的个人心灵词源，赠予“精神重力”以艺术的尊严；而“精神重力”，则赠予个人心灵词源以具体历史生存语境中的分量。

思就是诗

海德格尔在《林中路》中说:“思就是诗。尽管并不就是诗歌意义的一种诗。存在之思是诗的源初方式。正是在此思中,语言才第一次成为语言,亦即进入自己的本质。存在之思道出存在的真理的口述。存在之思就是最初的诗。存在之思是原诗(Urdichtung),一切诗歌由它生发,哪怕是艺术的诗的作品,只要它们是属于语言的范围成为作品的,都是如此。广义上和狭义上的所有诗,从其根基来看就是思。思的诗化的本质(das dichtende Wesen des Denkens)维护着存在的真理的统辖,因为真理思地诗化。”

海德格尔这段话道出了语言及诗的本质。只要人类这一特殊语言物种存在,诗与思的共相展现就会永世不绝地重复。本真的诗,从诞生到完成,所呈示的不朽功业,不是岁月积累的碎屑,不是退入人的原始本能发出的宣泄,不是修辞和咒语的炫惑,而是一种特殊的“命名”。它坚持刺入生存的本质,道出真相/真理,为人类的再生提供“语言作为存在之家”的保证。诗人为神圣的东西命名,也为生存的压抑命名,前者体现为大生命家宅的庆典,后者体现为从遮蔽到澄明的拯救。诗,就这样成为既为人创造,又创造着人的最了然、最精审的形式。考虑到语言艺术与真理之间这种二而一的本质关联,一个陈述句就产生了:诗歌是估量生命之思无限可能性的尝试。

求真意志

“我要听。我必须听——如其所是。”

这是俄狄浦斯对可能知晓其残酷命运的老牧人说的话。他预感到了可怕的生存真相，知道自己已是濒临话语的悬崖。但人的求真意志在此迸涌，使他临渊不惧，并在最后履行了自己的信义承诺：刺瞎双目，让使命和宿命同时展开。自毁双目有如一个噬心的隐喻，它穿透了重重遮蔽的表象，一道尖厉的光芒已深入内心。

每当我读到他这句话，就会产生深深的心理痛楚和眩晕。不要以为俄狄浦斯洞晓的只是他个人或城邦的命运，在我看来，他的遭际实际上预示了求真意志这一人类精神大势的无限期的酷厉发展。尽管我们会为这种永劫回归所主宰，尽管形形色色的斯芬克斯在坠身悬崖后又往往以新的形象面对困境中的人类，但这并不说明我们可以和能够放弃作为一个醒悟了的个人所必须承担的责任：坚持探询生存和生命的真相，始于问题，继续更高的追问。这也是我理解的所有严肃文学的前提。

文学无疑建立在其本体依据内部的一整套复杂关系中，但这并不意味着它是封闭的自足装置，亦非高雅人士的话语嬉戏或叙事遣兴。诗歌和小说是对人的生存境况和生命体验的揭示与命名，一切货真价实的文学，都产生于诗人作家面对生存/生命的遮蔽时所激发起的深刻的盘诘之情。在他们的巅峰体验中，并不只存在纯审美的迷醉，同时更缭绕着一个固执、沉郁而催促的诫命："我要听。我必须听——如其所是。"

不过，这里的倾听，并不会经由某个深谙生存之谜的"老牧人"告知（对老牧人的期待，实际上透射出人类对绝对主义、基础主义、本质主义一元论的依恋）。严肃的诗人作家的命运甚至更残酷些。他们所企图抵达的生存和生命真相，常常是含混未明的。因此，文学的追问永远不指望有终结的、具体的、了然的"地址"，求真意志正是在这种不计代价的语言历险中发出它奋勇不息的辉光。

求真，只是一种意志

当我将文学的维度定义为"求真意志"的时候，我很担心人们将此词语误读。在我的论域的词汇表中，"求真"，只是一种"意志"。所谓的真实，在真正的文学家眼里，绝非是既在、了然、自明的，它不可能依凭表面的还原主义书写与我们照面；也同样是在这里，文学话语与哲学、社会学话语区分开来了。为了陈述方便，我且将文学话语之外的其他表述话语统称为"人文科学话语"（实用指称性的日常交流话语不在论列之内）。在我看来，人文科学话语是符合逻辑的、整体性的、类聚化的，它的合法性是通过删除歧见，并否认个体经验的差异和无意识的生命冲涌所得的。质言之，它祈求的是"头脑"而非"心灵"。这样的话语，僭妄地企图为人类提供某种绝对性和必然性，企图命名在时间和具体生存语境的流动中那个不变的"基础""本质"。在此，个体生命的痛苦、烦忧、欣悦，以及对世界的奇思异想，都被冷酷而"宏大统一"的整体叙述所抹杀。但是，即使在人文科学和科技话语最为蛮横之际，人类内心深处也总有一种声音在脱离个体生命的自由尊严而片面追求整体顺役所造成的灵魂失落中，倔强地为“心灵”的自由呐喊。这种呐喊的音量不够高亢，20 世纪以降的现代文学甚至是低沉的，但我们知道真正的强音正是低音。虽然严肃的诗人和作家其材料畛域、措辞格局、命名形式不尽相同，但就其精神大势而言，又具有“求真意志”的家族相似性。如果说在米兰·昆德拉笔下，“塞万提斯的遗产”是现代纪元的标识的话，那么也可以说，20 世纪的现代主义文学，才真正有效地提供了生命体验中的怀疑精神、多元精神，拯救了卑微的个体生命的尊严，让差异、弱势、局部、偶然发声，它培养了人们对不可公度的事物的容忍力。

因此，诗歌和小说中的求真意志是永无终结的。何时“求真”不再作为“意志”，而成为作者自诩的对真实的垄断性“定论”，那么他们就可能成为被动认同先验“真理”的屈服者。

个人化历史想象力

我们生活在媒介高度膨胀、沟通便利的时代，但是奇怪的是，我们同时又是生活在一个内心封闭、彼此客气而隔绝的“陌生人社会”、个体原子化社会。对今天的诗人来说，除过上述提到的应该警惕泛诗歌语言日渐轻柔化、狭窄化的捆绑外，我以为，我们还需要重新考虑如何使我们的诗能在公共空间和个人生活空间自由地、纵深地穿逐。过去，我们的诗歌过度强调社会性、历史性，最后压垮了个人空间，这肯定不好。但近年来又有一味自恋于私人化叙述中的“我”的巨大趋势，这同样减缩了诗歌的能量，使诗歌没有视野，没有文化创造力，甚至还影响到它的语言想象力、摩擦力、推进力的强度。

多年来，我一直在命名、论述所谓“个人化历史想象力”，就是想消解以上二元对立，综合处理个人和时代生存的关系。我不是提倡宏观、笼统地处理时代生存，而是希望能紧紧抓住个人生活观感的某些瞬间（包括断裂之点）闪进历史，以一个小吟述点，自然而然（化若无痕）地拎出更博大的生存情境。须知，个人经验应该不等于封闭的、现成的、自明的东西。我们读了不少诗，诗人们都想标榜“个我”，但我感到他们这个“我”，写来写去还是类型化的平均数，鸡零狗碎却雷同的“私人化”，一种由不同的个人所表达的集体欲望的陈词滥调，很讽刺。我承认现实不可在语言中“还原”，但不等于诗人要自我剥夺诗歌的“现实感”。有效的诗歌，应在对个体经验纹理的剖露中，表现出一种偶然的、细节上的、叙述性段落和某种整体的、有机的、历史性引申之间构成的双重视野。所谓举重若轻，是深思熟虑之轻，不是轻浅、轻佻之轻。

先锋诗人对汉语诗歌的重要贡献，主要是改变了想象力的向度和质地，将充斥诗坛的非历史化的“美文想象力”和单维平面化展开想象的“日常生活诗”发展为“个人化历史想象力”。在真切的个人生活和具体历史语境的真实性之间达成同步展示，如何提取在细节上的、匿名的个人经验中所隐藏着的历史品质，正是这些诗人试图解决的问题。

“个人化历史想象力”，不仅是一个诗歌功能的概念，同时也是有关诗歌本体的概念。从以上对诗歌文本的简单分析，我们就可以看出，“写什么”和“怎么写”，在历史想象力的双重要求下，是无法两分的。很明显，诗人考虑的不是什么“文类规范”，像不像一首“好诗”，而是更深入的历史想象力和话语的活力及有效性问题。

诗人对既往诗歌写作方式的某种程度的“颠覆”，不是为颠覆而颠覆，其根本原因是为了解决语言与扩大了的经验之间的紧张矛盾关系，使诗歌话语更有力地在生存和历史语境中扎下根。

福柯说：“为了弄清楚什么是文学，我不会去研究它的内在结构。我更愿去了解某种被遗忘、被忽视的非文学的话语，是经过怎样一系列运动和过程进入到文学领域中去的。”这种立场，不仅是历史和“知识考古”，同时也体现了更宽大的文学眼光。诗歌要恢复对时代历史讲话的能力，有赖于诗人更关心其话语的有效性或持久价值感，而非是文体意义上的“洁癖”。

我看到，今天中国一些先锋诗人已有能力在文学话语与历史话语，个人化的形式技艺、思想起源和宽大的生存关怀、文化关怀之间，建立一种深入的彼此激活的能动关系。这里所说的“个人化历史想象力”，要求诗人具有独立思考带来的历史意识和当下关怀，对生存—个体生命—文化之间真正临界点和真正困境的语言，有深度理解和自觉挖掘意识；能够将诗性的幻想和具体生存的真实性做扭结一体的游走，处理时代生活血肉之躯上的噬心主题。“个人化历史想象力”，应是有组织力的思想和持久的生存经验深刻融合后的产物，是指意向度集中而锐利的想象力，它既深入当代又具有开阔的历史感，既捍卫了诗歌的本体依据又恰当地发展了它的实验写作可能性。这样的诗是有巨大整合能力的诗，它不仅可以是纯粹的和自足的，同时也会把历史和时代生存的重大命题最大限度地诗化。它不仅指向文学的狭小社区，更进入广大的有机知识分子群，成为影响当代人精神的力量。

成为“一”，是自知责任重大

对诗歌而言，所谓“公共空间”绝不应是以前灌输的远离我们的想象性概念，而是我们个人就在其中。如何在所谓“个人”和“公共”间找到平衡，使诗饱含具体历史语境和个体经验的张力，构筑宽大而又具体真切的视野，对现代诗还是一个考验。如果诗人们脑子一热又回到“宏大抒情”肯定不是我愿意看到的，正像我同样不愿意看到诗人们脑子一热结伙“私人写作”。

后现代诗人博斯凯说的特别对我胃口，他说，诗人要追求有分量的“一”，但不要忘了，“成为‘一’，是自知责任重大”。

至深者呼唤至深者

我依然相信，诗歌（文学）是“至深者呼唤至深者”的话语，是人类中部分个体内心巨大焦虑和怀疑的呈现。

然而，这里的“至深”，是指生命的体验之深刻，而非单纯的“思辨”之深刻。在哲学思辨领域仰之弥高俯之弥深的黑格尔曾言：“绝对精神的骏马在奔驰的过程中，是不吝惜践踏许多小花小草的。”——对此说法，我不以为然。

我的疑问和信心正是在这里同步展开：文学存在的理由之一，就是对那个被唤作“终极真理”“绝对基础”“铁的历史必然性”的庞然大物的不屈从。如果世上没有了伟大的文学家，即“珍爱怀疑的个人”（希姆博尔斯卡语），那么人们很可能一次次周期性地强迫重临集体乌托邦或历史决定论的陷阱。严肃的文学家，不接受任何权力话语的制导，不相信世上有一个绝对的“第一原理”来为人的生存和生命体验规定其永恒的图式。他永远在追问、揭示着生存和生命中的困境，他扩大了我们未知的境域，使人的精神地平线不断后移，使自以为是的独断论者遭逢挑战。

“特殊知识”

一切严肃诗歌（文学）所面临的问题，首先就是捍卫人性的迷宫之魅力，或曰“魔力”。我想将这称为现代世界中弥足珍贵的“特殊知识”。在一个“知识”称王称霸的世界上，我甘冒误读的风险，提出文学是“特殊知识”，意在“从内部攻破堡垒”。

我用“特殊”来限制和修正知识，是要陈明文学中的求真意志提供给人类的“知识”，是一种与生命深层（乃至诡异）体验、矛盾修辞、多音争辩、互否、悖论、反讽，历史的个人化等有关的“灵魂知识”“经验知识”。

在一个思想与科技，意识形态顺役和物质放纵主义同步的集约化、标准化的干涸的历史语境中，文学提供的“特殊知识”，就在不期然中构成了对绝对主义知识、二元对立知识及唯理主义崇拜的颠覆。前者捍卫了世界和人生以探询问题的形式存在，后者简化乃至抹杀了世界和个体人生的问题。

在此，“特殊知识”以其特有的细节含义，重新厘定了何为“真知”的维度。文学中出现的“新感性”，就内在地成为否定精神、批判精神、自由探询、生命想象力的接引者。正是在这种变血为墨迹的阵痛中，生存/生命得到强有力的去蔽，语言的深渊被举起，人类被权力话语的高强度刺激所剥夺的心灵活力重新奔涌而出。

内在的变革要求

五四新文化运动“文学革命”的先驱们，为什么不约而同地首先向自身的传统开战？他们真的幼稚到不辨良莠的程度了吗？真的区分不出艺术在形式层面的高下了吗？一定不是这样。中国新诗已走过百年历程，反观发生在五四前后的新诗与传统的断裂，主要不仅是艺术趣味的变异，更是由于现代性的介入，中西文化碰撞加剧，诗人的精神视野和历史意识猛然扩大、强化后，力图使代表民族精神的诗歌艺术，能适应并准确表达现代人历史经验、时代感知的变化，成为现代思想、文化、语言、政治、国民性重新建构的重要部分。

正像一些有识之士已经认识的：中国文化的不连续性，同时也是由于被断裂的传统文化本身的某种欠缺造成的，它更多地表达了被中断的文化本身的内在变革要求。西方他者文化的闯入，由中国精英知识分子来发动，这一定表明中国文化中欠缺某种东西，表明现代中国精英知识分子（当然包括新诗人）在思索中国的价值形态时，从五千多年的历史文化中找到的某种东西已经远远地不够用了。

可 信 感

成熟的现代诗，在情绪平衡、意识综合、感知智力和心神洞开上，既具有诗意的幻想的广度又不乏言说有据的可信感。我之所以提出诗歌的“可信感”，而不用“真实性”这个概念，是考虑到现代性意义上的诗歌的“真实”，绝不全部是既在、了然、自明的，而是被写作和阅读合作“发明”出来的。真实，就其在现代诗歌话语上的本质含义而言，就是指“可信感”，而非“本事性”。它主要是说诗人深邃的生命体验与生存现实经验的互补。无论是缺乏前者还是后者，诗歌的想象力度和可信感都要降格。

诗的“智性”

诗歌的“智性”，不是把肤浅的“哲理”美文化。

好的智性诗人，能以独特的思考、犀利的语言有力地将现代人的生存状况、生命经验提炼成可供命名和观照的“悖论图像”。我们面对这些深刻而纠结的图像时，感到它们既陌生却又与我们的晦涩经验至切相关，它们击中了我们内心深处纠结、焦虑而无告的部分，我们的智性和心灵在瞬间被诗人唤起了。我们也同步领略了“思与诗”。

有个老派的说法：诗歌要有“思想性”。这个说法本不错，只是太过笼统了。有多少平庸的“哲理诗人”也是这么干的。所以，真正重要的还不是诗歌是否有“思想”，而是诗歌怎样处理“思想”，“思想”的质量如何。在我看来，好的诗歌思想应是有重要质量的。诗人提供给我们的不是现成的“哲理”，更不是独断论意义的训诫，他排除了简单的道德判断和意识形态评判，回避着二元对立的思维惯性，甚至在很大程度上还回避着实用理性和工具理性对生存问题的简化。他常常是在人们思考的终点来展开自己的思考，独特地提出了某些真正值得我们探究和分享的命题。

不是美，而是活力

诗歌应表达什么，并非一个本质性概念。每个时代都应发明对自己有效的表达范畴。关于“现代诗的标准”的讨论，是近年诗论的热点之一。但是，我看到许多文章长久徘徊在“美不美”“好不好”的问题上，而且是以古典诗歌为圭臬。其实，对现代诗来说，更致命的问题已不仅是这些。衡估它的“标准”时，我以为首先应将写作的“有效性”和“活力”考虑进来。诗写得是否“美”“好”，长期以来我们无需思考只凭习惯就能判定；但是，“好”的作品不一定是有活力的和有效的。度过现代诗草创期的中国诗坛，“好诗”或许并不匮乏。我们在诗歌刊物和选本中，会看到如此众多的“好诗”在优雅地展示自己。它们从情调到技艺上都没有大毛病，美，和谐，完整，一些类聚化的哲理，一点灵动的感悟，一阵戏剧化的抒情，一缕轻烟似的自我感动和哀伤……就是它们的基本范式。但是，这些诗是缺乏活力的，无效的，它们对当下生存、生命、语言几乎很少触及。

面对这样的“好诗”，我宁可认同一些青年诗人写的与当下历史情境密切相关的粗粝、真实、有热情、有活力，也会有闪失的作品。凭我多年的写作经验，所谓的“好诗”，在当下中国诗坛的接受语境中，就是那些“无难度”（也就无闪失）的拟“古典趣味”的美文之作。它们是遣兴的，遵循既成的吟弄“仪轨、规范”的，因此，我们不妨借用讨论中的说法，将其称为“有标准却无难度”的写作。

不断后移的地平线

在我看来，现代诗的标准，像一条不断后移的地平线，它不是一个具体的“地址”，也没有一个技艺上的稳定衡估指标。但是，这并不等于说现代诗写作可以信笔胡来。当“优美”“和谐”不再是现代诗的圭臬后，写作的活力，介入时代生存和生命的有效性，对母语可能性的挖掘，就成为诗人追寻的基本意向。

现代诗的活力，不仅是一个写作技艺问题，它更涉及诗人的个体主体性对整体生存的包容，对材料的敏识，对求真意志的坚持，对诗歌语境包容力的自觉——

有活力的诗，应有能力处理“非诗”材料，尽可能摆脱“素材洁癖”的诱惑，扩大语境的载力，使文本成为时代生活血肉之躯上的活体组织。

我之所以谈到“求真意志”，而不是谈“真理”，是因为对诗歌而言，直接处理绝对知识，有可能成为独断论的诗性演示。求真，是作为一种“意志”出现的，它保证了诗人与读者的平等对话、磋商，而不是自诩为真理在握去训诫读者。

诗歌语境的包容力，是指诗中应有复杂而内在的经验，容留诗人生命体验中的矛盾因素、逆反因素，使诗歌文本真正于我们的此在生命中扎下根。

我认为，像这样能与我们的生存发生本真关联的现代诗，才是“有效”的。

蝴蝶与公鸡

米沃什曾写过这样的诗句：“我的过去是一只蝴蝶愚蠢地跨海航行/我的未来是一座花园，厨子在里面割开公鸡的喉咙。”（《没有意义的交谈》）这是诗人对某种无效写作的省思：一只蝴蝶拥有的只是轻盈和美质，它感动于大海的辽阔，却不知踏上的是一条力不胜任的旅途；而花园是鲜润美丽的，却传出了公鸡被剖开喉咙时的扑腾声。这就是诗歌只会捕捉幻美之境和只会空泛地呼唤“曙光”，而缺乏对生存和生命的深切洞识所带来的后果。

蝴蝶和公鸡本身也许没有错，但它们却在错误的时间来到了不适当的地点，在不期然中，成为淡化批判力度和价值关怀的帮闲者。米沃什后来在《可怜的诗人》中又如此写道：“现在，岁月已改变了我的血液/成千上万的星系在我的肉体内已出生过和死亡/我坐着，一个狡黠而愤怒的诗人/用不洁的斜视的眼神/掂量着手中的这支笔。”今天的诗人，就是这样的“一个人”：生存见证的迫切性与写作技艺的迫切性，二者已经不能割裂考察；吹号天使的单纯，变为生存追问者的“狡黠”；比德意义上的直接和“纯洁”，变为反讽的“不洁”与“斜视”。写作和阅读的前提，不再是不言自明的，而是需要重新“掂量”的。

把一首诗写得像“好诗”，并不困难。把一首诗写得有时代生存和生命的活力，才具有真正的难度。如果诗歌只是一种唯美的遣兴，一种自我抚慰的话语迷醉术，那么诗歌史上已有足够多的作品可以满足这个需要。我们之所以在今天继续写作，就是因为“唯美”和“迷醉”已不再是衡估诗歌成色的可靠标准。活力，是从写作发生学、题材和技艺以及接受效果史的综合效应提出的要求。

“墓志铭”或“账单”

诗人是什么？他是慎重对待语言“命名”的人，是人类精神“舒心的盘诘”体现中最了然、最一般的存在形式。但是，我知道在今天谈论这个问题是困难的。首先，它不能用最一般的因果律去解释。因为，诗人与普通的人在肉体上并没有什么差异。否则，我们会同意将诗人归入神经质、嗜修辞症、躁动狂一类肉体器质/精神状态发展畸异的那一部分人中。另外，诗人的确又不是偶然出现在人类中的一个现象。这是一种滑头的说法。因为是暂时的、必死的、偶然的，一切解释到此为止。这种自以为是的不可知论，并不能叫智慧而有教养的人买账。瞧瞧，这两种情况是这样互相斥拒着、纠葛着，只要触及任何一方，就会有另一方在前面等着你。

但是，我们仍然可以依据我们灵魂中被一再唤起的语言的“深度状态”和这种状态常驻并作用于我们生命历程，来考察诗歌语言及诗人的本质。

不仅古典诗人锡德尼说：“当你死去，你会被世人遗忘。因为你缺乏一篇墓志铭。”——诗人，从借喻的意义上说，就是刻写墓志铭的人；现代诗人艾略特同样在《四个四重奏》中说：“一首诗，一个墓志铭。”诗人坚持简洁而意味深长。生存和生命的结束，或通往“彼岸”的启程，都是以一种文本为标志的。在这里，死亡仅仅作为生命的关键节点，向我们展开各种深入语言命名的可能性。据此，我们可以探究生命的意义和为后来者重新设定生命的目的和价值。

墓志铭不仅以证明死亡的力量为目的。因此，个体人类的死亡在人类精神万古流长的旅程中是不会彻底地一次性完成的。诗人一腔忧惧而满怀信心，皆源于对“墓志铭”所刻写的言辞的敬畏。他还要从精神而不是肉体的角度来衡量死亡，那么，摧毁肉体的时间力量，在此往往变为赘生物和过剩物。抛开时间的报复，诗人的答案是自由而又被限制的。自由导源于诗性的想象，限制则导源于诗人终其一生对求真意志的信仰。

如果“墓志铭”一词太过不祥了，我们可以将其对等替换为“付账说”。每个时代的人类都像在赴宴，宴散之后必须要有人“付账”（欧阳江河语），诗人或更广义的诗人哲学家就是付账者。如果诗人不能为时代付账，他就没有资格以诗人的身份赴宴，而只能以大众的身份像大众一样吃完抹抹嘴就溜。一个时代的真正结束不是物理时间的结束，而是以一个或几个文本来结束的。如果没有一个文本来“付账”，时代就永远无法结束。现代汉语诗人如果想成为一个一生的持续的写作者，他就应当思考更重大的问题，即诗人与他所处的时代生存的关系问题，写作中碰到的语言表达问题。

本体与功能同时“在场”

本体，即关于存在的本质、本原、本性。诗歌的本体，就是诗歌存在的本质，包括存在的依据或理由。

本体与功能的确不是一个问题，对世上其他事物而言尤其如此。

但问题还有更促人深思的一面，诗歌的本质，按照海德格尔在《论人道主义》中的表述，就是语言的本质：存在在思中形成语言。语言是存在之家。思者与诗人是这一家宅的看家人，他们通过自己的言说，使存在敞开，形乎语言，并固置在语言中。可见，在优秀的诗歌中，本体与功能总是要同时到场的。在写作中，我们要兼及二者，它们是火焰的形体和热能的关系，二者同时出现，相互参照，相互平衡，相互激发。诗人只有对语言的本体和功能双重关注，才真正谈得上对诗歌的独特领域和独特使命的自觉，发现那些只能经由诗的形式所发现的未知的生存。所以，我认为离开功能谈论本体，或者反之，都是有偏失的。这是由诗歌区别于其他事物的自身性质——既是语言自身，又是语言的产物所决定的。

诗人在这个意义上，意味着是人类中那些对作为"存在之家"的深度语言沉思的人。他在沉思功能时，也就是在沉思本体。这就是诗歌写作的本体—功能的同时"在场"。诗歌置身于美学的王国，却放射出更恒久、宽阔、超逾美学范畴的精神力量。对诗歌语言的沉思，就是对生命的沉思。当诗歌用自觉而纯正的形式确定自身的时候，我们知道它并没有放弃完成将存在者导入人文价值关怀的任务。诗歌不仅是美感，同时也是能直接影响人类价值取向的精神力量。所以，对本体和功能，我们是不能"分治"的，越面对优异的诗越是如此。

此中含彼

在为新诗的合法性辩护的同时，我们也要清醒：新诗是在传统诗歌范式"不够用"的当口出现的，近百年来，它既取得了不凡的成就，也有自己"宿疾"般的问题。由于历史的过度颠踬，乃至不同性质的灾变频仍，使得诗人们总是处于匆匆披挂上阵，或是对抗式的写作策略中，而缺乏相对漫长而稳定的创造时期。无论"上阵"，还是"对抗"，都需要有明确的敌人、对手。在有些时候，这种认识框架作为一种写作动力可能是有效的，但它肯定不会是不随时间和历史语境的移动而可以永久依赖的东西。正是这种持久依赖，形成我们的集体无意识积淀，表现为一组自设的画地为牢的二元对立框架。它不断带来写作中新的形而上学，在创造力的运思逻辑上，使我们与"对手"如出一辙——比如诗歌写作中，个体/整体，纯粹/不纯，本体/功能，虚无/充实，漂泊/定居，如此等等（还可以无限罗列：灵/肉，真理/谬误，秩序/自由，知识分子/民间，知性/感觉，现实/虚构……），许多诗人相信，如上二元对立的创造，是不可调和、不可整合、不可彼此穿逐的。

对此我不以为然。

与传统诗歌“独与天地精神往还”或许不同，现代诗的话语，其实是作为历史话语建构的有条件的存在，当历史条件变化了，其话语的内容、形式也会发生变化。我以为，在现代条件下的诗歌创造，没有不随着时间和具体的历史语境的移动而移动的创造框架，没有可以持久依赖的单边的、绝对的本质主义。现代诗的演进，在今天应是不断地拆解形形色色的本质主义，拒绝独断论，寻求“历史主义的非决定论”的进程。在诗歌创造中，历史主义的非决定论，与“历史决定论”不同，前者不强调排他逻辑的“非此即彼”，而是寻求增补逻辑的“此中含彼”。它要考察特定写作时代的具体性，这一具体性是不能由一个“非此即彼”的减缩框架来真切认知的。

我以为，经过百年积累，跌跌撞撞的中国现代诗，在今天的历史条件下已经具备了结束不成熟的二元对立的状态的可能性。我们应面对新世纪复杂缠绕的中国人的历史存在，包括心灵史状况，自觉树立更开阔的表达，寻求建立新的现代诗作为社会历史“交往行为”的合理性语境（哈贝马斯语）。这种交往行为的合理性，所关注的正是被如上二元对立所抽象掉的历史条件的具体复杂性。它是具体历史语境下的诗学理论叙述，不是以（诗）论僭史，而是论从史出。

我看重的是当下历史已经提供的新诗学建构的可能性条件，诗歌理论是从存在和历史的具体性、复杂性中提出来的。

历史的可能性怎样，诗歌理论就能动地涵容这种可能性，既不因所谓的专业化的“审美”理论而假装看不到历史条件，也不能让所谓的历史条件去代替我们对语言—写作的内部问题的实践、反思，而是在它们之间保持必要的张力，保持一种历史的、求实的开阔思维气质。

别样的“信教者”

从诗歌特殊的生成因素上看，诗人是“信教者”。但他信奉的乃是语言。与通常意义上的教徒不同，在诗人这里，并不存在一个绝对的、高高在上的语言上帝。语言的上帝，存在于诗人的精神能力、他自身的语言创造力和现实生命相互打开的关系中。换句话说，在这儿，语言的上帝并不先于诗人存在，而是“受造”的。它被诗人创造出来，沿着通往更多对话者的路程出发，分离出创造者，乃成为比诗人更永恒、更有价值也更纯粹的话语。通常意义上的宗教，虽然隶属精神范畴，但不可否认的是，人类基于寻求享乐和安全感的天性，在结构的终端显示上，他们倾心的仍然是肉身受难的境遇，逃遁苦海的可能性，以及由此而推导出的来世图景。东方宗教中的“普度苦谛众生”从语义上毫不含糊地道出了这种本质。

但诗人与此不同。他坚信此世，通过个体生命话语深入生存，在普遍的困境和荒诞中，坚持人类自身的精神能够改变生存。这样一来，人与“神”的关系几乎相反。诗人意识到人类本质特征之一的语言受遮蔽的境遇，澄明及提升的可能，以及通过拯救语言、创造精神发展精神的现实依据。所以，诗人和语言，是相互聆听和创化的关系。

“语言作为存在之家”，从本质（也可以说本体）上，具有规定人类精神形态的功能；沉思、改造语言在此被提升到沉思、改造生存的高度。在没有展开言辞的刀锋之前，生存是迟钝的、粗糙的、被遮蔽的；而在范式的言说、写作之后，生存就可能渐趋澄明。

一个民族，要保持精神语言的丰富和警觉、对生存的纵深发掘，要享受比世俗更高迈的情怀和生命想象力荣誉，就少不了诗人的存在。

据此，我们可以说，诗人并不是迷醉本身的怪诞角色，而是将语言的本质力量发挥得更杰出、更有代表资格的，心智深邃和感觉纤敏的沉思者。

活　力

我没有体验过别种语言的内在震悚，像我在写作中或是在阅读伟大的诗歌时那样，它使我忧惧，分裂，在我的生命内核中置放话语的军火。

它让我深深感到一种放逐。实在世界退隐了，“天空”太高，我攀不上去；“大地”太浑浊，我难以触及更深的层面。在没有结实可靠背景的生存中，诗语出来为我造出一个天地。也许，即使在诗歌中，我也不能发现生命的出路到底是什么，但至少诗歌使我体验到一种自觉的放逐感或悬疑感。它使与人的存在密切相关的问题加深并保持了活力，而不是使问题不了了之地钝化和消失。

我看见转世的桃花五种

一

桃花刚刚整理好衣冠,就面临了死亡。
四月的歌手,血液如此浅淡。
但桃花的骨骸比泥淖高一些,
它死过之后,就不会再死。
古老东方的隐喻。这是预料之中的事。
年轻,孤傲,无辜地躺下。
干净的青春,在死亡中铺成风暴。

二

如果桃花是美人,我愿意试试运气。
她掀起粉红衣衫,一直袒裎到轻盈的骨骼。
我目光焚烧,震动,像榴霰弹般矜持——
在最后时刻爆炸!裸体的桃花重又升起
挂在树梢。和我年轻的血液融为一体。
但这一切真正的快乐,是我去天国途中的事。

三

我离开桃林回家睡觉的时候,
园丁正将满地落英收拾干净。
青春的我一腔抱负,意兴遄飞,
沉浸在虚构给予的快乐中。
我离开床榻重返桃林的时候,
泥土又被落英的血浸红。千年重叠的风景。

噢，我噙着古老的泪水，羞愧的，凛冽的。
看见喑哑的桃花在自己的失败中歌唱。

四

唉，我让你们转世，剔净他们的灰尘。
风中的少女，两个月像一生那么沧桑。
木头的吉兆，组成“桃”。一个汉字，或伤心。
铺天盖地的死亡，交给四月。
让四月骄傲，进入隐喻之疼。
难道红尘的塔楼上，不该供奉你的灵魂？
你的躯体如此细薄，可心儿却在砺石中奔跑。

五

五月，大地收留了失败，
太阳在我发烧的额头打铁。
埋葬桃花的大地
使我开始热爱一种斗争的生活！
乌托邦最后的守护者——
在离心中写作的老式人物，
你们来不及悔恨，来不及原谅自己；
虚构的爱情使你们又一次去捐躯。
而这是预料之中的事：
桃花刚刚整理好衣冠，就面临了死亡；
为了理想它乐于再次去死，
这同样是预料之中的事。

伟大梦想

有一种倾向，总把梦幻错认为是诗。人们企图依赖诗歌，留住那些已被现代高强度刺激抹掉的梦想世界。其实，一切皆流，无物常驻，依赖梦想最终也会被梦想抹掉。

诗，如果不对梦想本身进行反思，梦想也会成为失去活力的存在。它最终从诗人的灵魂和生命中抽身而去，成为异化人的野蛮力量。在写作中，梦想应该是诗人对生存的寓言化追问，因此，我们担心的不仅是梦想的泛滥，更是伟大梦想的丧失。

人模仿诗

人通过反思自身得以真实的存在。有些诗却能描述出一种比人的存在更自由、有尊严、高贵的存在。不是诗歌模仿人，而是诗歌让人达到它。

接近诗歌是一件危险的事情。

但不去接近却更为危险。

意义和技艺均不让步

面对眼下诗歌，我总有一种拂之不去的遗憾：先锋诗歌技艺精湛，但太过囿于琐屑的“私人化叙述”，作品的载力远远不够，诗人们减缩了诗歌的能量，使诗歌没有了视野，没有了文化创造力，甚至还影响到它的语言想象力、摩擦力、推进力的强度，有许多材料几乎“不值一写”。

而那些争取到较多读者的泛现代诗，其中有些的确触及了生存的某种痛处，“值得一写”，但却显得技艺粗糙，趣味稀薄。

我期待着一种有“个人化历史想象力”的诗歌，能将个人独立的揭示生存和生命的深度与丰盈的话语表现力扭结一体，在意义和技艺均不让步的前提下，以较大的亲和力，达成与经验读者的深度沟通与对话。

见证和愉悦同等迫切

中国现代诗界一直有一个困扰于心的问题，即诗歌是否需要对重大社会历史境况有所反应？有强大的社会功能？一些诗人认为，诗歌应以艺术自身为目的，不必承担什么社会历史使命，这样才会保证诗的纯粹和审美愉悦；另一些诗人则认为，诗歌就是表达诗人对社会历史、生存及世上事物的看法，至于诗的表达方式本身，是次要的问题。

如果硬要我在这二者之间选择，我只好先选择前者。因为虽然后者有时会使文本显得重要，但却只有艺术标准才能决定它究竟算不算诗。

美国“新批评派”理论家艾伦·退特写过一篇著名的文章《诗人对谁负责？》，对那种要么指责诗人不直接对社会事件负责，要么指责诗人不搞“纯粹艺术”的人们都有启示。他说：“硬要诗人自认是社会秩序的立法者，这其实是要诗人丢开诗人的确切责任。诗人的责任本来很简单，那就是反映人类经验的真实，而不是说明人类的经验应该成为什么。任何时代，概莫能外。诗人对谁负责呢？他对他的良心负责。‘良心’一词，取它在法文中的含义：知识与判断的呼应行动。诗人的良心早就知道，在鉴别诗人是否是一个名副其实的诗人的时候，有一个非常严格、传统的标准。无论怎样严峻的危机，都不应该被利用来使我们改变诗人与他周围的恒定现实的关系。所以，诗人对社会所负的责任绝不是按社会思潮或社会需要去编诗。诗人对什么负责呢？他只对他作为一个诗人应当具备的德行负责，对他的特别的艺术风骨(aretee)负责；他的责任是精美地掌握他的话语，而且，这种话语不会减损他的意识所传达给他的关于现实经验的全部真实性。而迫使诗人不做诗人，去做某种政治思想的宣传家，这才是不负责任的——哪怕是诗人自己认为这样干值得，也依然是对诗歌的不负责任。”

这话说得既求实又精彩，对现代诗的本体和功能有着双重关注。只有在坚持诗歌独异的艺术魅力的基础上，才能谈到它特殊的揭示生存/生命的功能。好的诗人，应在二者之间取得平衡。

所幸，不存在非此即彼的选择，我们完全可以在诗与思的平衡标准下来衡估诗歌。真正的诗人不会长久困扰于“是历史承担还是艺术迷醉”这个二元对立的假问题，因为他的历史承担必以诗艺的承担为前提，他的艺术迷醉融汇着对生存奥秘揭示的迷醉。正如叶芝所言：“谁能将舞蹈和舞者分开？”

镜　　像

我想，诗歌是人创造的语言存在。但也可能没有一个物种像人一样与诗歌存在着“不协调”的关系。诗歌使许多人的真相败露，甚至揭示出人与动物的等式关系。人创造出诗歌，就同时承担起对自身的某种审判。他要追溯“价值”“出路”“虚无”“时间”“存在”……这些词语的生存论的词源，他要置身于终极焦虑的核心。

但我们的话语所指的限度，真的能趋临生存和生命本体吗？

我常常这样想：有时诗歌就像镜像中的我，两个人面对面站着，方向却正好相反。

悖论结盟

在我的书案上，有一幅可能长久不会被拿走的字条。它是一则对话：

当格劳肯(Glaucon)听到苏格拉底描述理想的生存形式后，反诘道：“苏格拉底，我不信在地球上的什么地方有这样一座上帝之城(City of God)。”

苏格拉底回答说：“无论天堂中有没有这样一座城市，或者地球上有没有这样一座城市，有智慧的人都将循着这城市的方式而生活，并以此装点自己的家。”

——对我来说，这则对话有如人类精神历史中怀疑主义和理想主义的两大巨流纠葛在一起，冲激、互否、盘诘；怀疑的勇气和拯救的勇气相互依存，它们加深了生存的问题，扩展了生命的“无知”。正是这种永恒的相互追问，使生命之思保持了活力。它们的对称和对抗，使生命的问题永久归结为追问过程本身，而不是简单地消解或给出单向度的“结论”。

不管我们有限的理解力是如何启示的，让我们不要再用简单的二元对立方式，将生存判然划分为“我不信”或“我坚信”。作为一个自觉的诗人，他永远是以“我不信”的方式“坚信”着，同时又以“我坚信”的方式“不信”。他从这种神秘的悖论结盟中，发现了接受困境的勇气。这种勇气，建立在他终其一生与缺席的“真理”之个人交往中。

如果诗性不仅仅是一种审美属性，同时更是一种对罪愆的揭示、对权力主义话语的回击、令人不安的谶语、晦暗与澄明的奇特混合物，以及对尽可能广泛的人类生存的综合探究的话，我们就无法想象“我不信”和“我相信”是绝对互不相容的。这种不可分解性的共时存在，使人类诗歌得以形成亘古迄今脉动不息的伟大共时体，使不同时代的诗人共同为一首永远无法完成的矛盾的“大诗章”做出持续的努力。的确，无论是神圣的还是世俗的作品，只要它是重要的，我都会从光明中读到冷彻骨髓的语象；反之，从死亡移近的阴影中感到黄金时代式的原初统一的光芒。

失败者或“黑人”

一代代真诚的诗人作家，如果说他们中真的有“成功者”的话，那也绝非指世俗意义上的荣耀，而是他们对生存和生命保持了更尖锐的开掘和追问。他们没有“解决”问题，不是使问题钝化乃至虚假地消失，而是使问题加深、扩大、焦迫化。正是在此意义上，弗兰茨·卡夫卡才说：真正的道路是在一根绳索上，它不是绷紧在高处，而是纠葛地贴着地面。与其说它是供人行走的，毋宁说是用来绊人的。

在众人视为通衢的地方，诗人看到了“绳索”；在众人自诩世事洞明的时候，诗人提示人们“事情不是你看得那么简单”。真正的文学，特别是诗歌和小说，就伴随着这种求真意志和自觉延宕真实指认的“极限悖谬”。每一个伟大的诗人和作家都是书写族类中的“黑人”，他们不惮于忍受悲慨的遭际，他们知道任何有效的写作都会带来庞大的生存及权力禁忌对敢于探究其底里者的惩戒；与恒久的集体谎言较力，注定是不祥的。

然而，优秀文学的光照，恰好就是不祥命运对“失败者”的赐礼。反观人类的精神历史，我们会看到一些夙夜匪懈的心灵守护者，他们心力交瘁又生气勃勃。我想，他们就是古今中外的那些严肃的诗人和作家。

对称与对质

诗歌即发生在人与生存之间真正临界点和真正困境的语言。诗，从构字方式上“从言，寺声”。但这碰巧引发了我非文字学的联想，更方便我的论述。我将之看作是对一种神圣去蔽的言语方式的祈祷和沉思。

“诗”，从言有寺，它既标明言语方式的特殊性，又标明它是与现实生存对称和对质的另一种高于我们生命的存在形式。菲利浦·西德尼在著名的《诗辩》中，将诗歌的概念扩展到一切重要的语言形式中。在他看来，诗歌指向人类已存或可能存在的一切富于想象力和净化力的文字之中，不论是论述性的散文还是艺术性的韵文，诗歌都渗入其间，成为“最初给愚昧带来光明的语言”。这样，诗人从内在精神上就本质地通向先知、承担者或神祇。它是人类向上力量的推动，把我们的灵魂尽可能地引向更高的完美境界，因为我们堕落的灵魂在黏土般的环境中日益腐化。与那种狭隘的隐遁诗人不同，西德尼认为，诗人与大自然也不是谁保护谁、谁歌颂谁的关系，而是另一种对话和并行不悖的关系。诗人“和自然并肩而行，但并没有被限制在大自然所赐予的礼物的狭小范围内，而是自由驰骋在他灵魂的更大领域中”。由此出发，西德尼告诉人们，杰出的诗歌往往能够以自己的方式集中哲学和历史学的精义，并且展示出来自我的现实生存之外的更高的美德和绝对神圣，以此避免人类重陷历史为我们昭示过的生命困境：诗人不仅是告诉人类“什么是，什么不是”，他要进一步指出

"什么应当是，什么应当不是"。

西德尼或许夸大了诗歌对语言和精神的净化作用。但是，在一个过度贬低诗歌的时代，我更愿相信这个古典诗人、诗歌理论家的见解。他谈及的既是语言行为，也是语言能力。如果将我们的生存看作一个无限扩大的"文本"，那么，在这一"文本"之中，必然存在一片"核心域"。它总是比其他语域与人的存在更密切相关些。没有核心域的文本是不可思议的。虚无主义者（指肤浅的虚无主义者，而非存在主义哲学中的"虚无"）认为核心域、本源是不存在的，但我们知道，他们所设定的核心域和本源其实就是虚无本身。因此，作为核心域的逃离项，虚无不是看不见、摸不着的东西，它恰似物质，始终萦环捆缚着我们，并要求着"新理性"的揭示、表达。在这种消解核心域、一切皆"无可无不可"的虚无主义者那里，坚持着一种柔软的破坏力。他们自负地认为，自己已经洞彻了生存的无意义真相，并越深陷越能抵达真实。由是，我们可以看出，在这里"真实"被等同于"表象"了。而在我看来，杰出的诗歌，深入虚无仅仅是其出发点，正像狄兰·托马斯所言，"人死过之后就不会再死""明智的人们面临末日知道黑暗是正理，因为他们的语言已无法击出闪电，但他们并不驯顺地走进那个良夜。"面对黑暗的必然性，诗人并不能拒绝对真实价值信念的坚持。

既然人类已经朝可疑的"美丽新世界"迈出更快的脚步，那么反思来路、坚持预言和澄明更高的语言—精神可能性，就成为诗人在存在依据和诗歌在存在理由上的主要审美特质——本体与功能合为一体。人类生存的终极景象并不能由已存的荒诞、虚无给出。而那些放弃精神向度，与虚无平面生成的诗歌，从内在精神上几乎等于在为虚无的合法性进行辩护。

改变语言即改变生存

北岛、芒克等对中国当代文学的重要贡献不仅有他们的诗歌，还有 1978 年 12 月民刊《今天》的创办。这份民间刊物，具有重大的历史意义。当时正是主流意识形态勉力修复断裂链条的年代，“伤痕文学”“归来者文学”就是它的“修复”的顺手言说。但对那些敏感的青年读者来说，二者均缺乏基本的说服力。内“伤”何在？“归来”到哪？对这些问题，它们言殊缄默，也无力回答。

“及时赶到”的《今天》则提供了另一种言说及其方式，它不但更新了一代人的情感，而且更重要的是激发了那些感到生存困境而没有与之相应或对称的表述语言来恰当言述的敏感青年，使他们学会了怎样为具体历史语境中产生的“自我意识”命名。《今天》是从对奥威尔意义上的“新话词典”的反思、背叛开始的，从改变语言的角度改善生存，使被集约性体制所僵硬化、减缩化、粗鄙化、非人性化的现代汉语，恢复其与人性文明、心灵、自然的真实接触，同时使汉语审美语言恢复其“混茫不封”的鲜润元气。

高峻和寒冷

周天寒彻的十二月，雪在天山峰巅闪烁。我面对它，恍如发现了人与诗这一对关系的隐喻。诗人创造能力的成长和对象高度的增加是同步发生的。

伟大艺术共同潜在的主题，其实就是人勇于对高峻、寒冷和缺氧的攀缘。孱弱的诗人畏惧自己走到这种极端的绝境，杰出的诗人却将之视为未被消解的肯定物，并以之来证明自己的存在。

曼捷施塔姆写道：

> 我冻得直哆嗦，
> 我想缄口无言。
> 而黄金在天空舞蹈，
> 命令我歌唱！

艺术只能自己拯救自己

曼捷施塔姆的诗，不乏沉痛的情感经验，但它们都是经由对细小而神奇的"语象"纹理雕刻，个人化声音"波长"从而显豁地呈现出来，而非被动地依赖于"本事"细节，哪怕是苦难撼人的生平。

他的诗既有写作发生学或动力源意义上的真实性，又有"元诗"意义上的精密感和高度的专业精神；既能有效地表达个人心灵，又为读者提供了某种超验性引申的机会。

是啊，说到底，我们关心的还是“诗本身”，如果一个诗人把自己的忧伤和痛苦仅仅变成一场非诗的反攻，他就得准备承受注定失败于艺术的后果，即使历史或命运的翻转也救不了他的“命”，因为，无论是光芒还是阴影，都不等于“诗本身”。

个人或整体命运在任何性质上的“成功”，都不会自动带来艺术本身的“胜利”，艺术只能自己拯救自己。叶芝说得多有趣：“爱尔兰将赢得它的自由/而你仍将砸你的石头。”而诗人就是要有能力使语言“石头开花”的人，他只能终生如此劳役，永远没有也不应有捷径可走。

诗—歌

诗—歌，从构词方式上告诉我们，诗人是人类的祭司和歌手。人类每天生活在一个全新的、不同的世界；同时，又每天生活在一个陈旧的、衰老的、滞缓的宇宙地理单元。他们感到了那些遥远又近在、出发又返回的生命的闪光。他们需要仪式，需要歌唱。

正像连动物都似乎会发出感恩和忧伤的鸣叫，植物用健康纯洁的形体答谢生命之源那样，诗人，代表了人类歌哭的高度。歌——这是本体还是功能？我们不可能把音程旋律和乐思表达分开。诗人歌赞生命和使生命成长的一切，他审判那些扼制自由和创造的权力强暴势能。艾略特的“火焰”玄学，埃利蒂斯的太阳玄学，狄兰·托马斯的生死转换，李白的形而上月亮，杜甫的家国通喻个人心象，王维的言无言的山林意象……都是一种代表人类精神高度的歌唱。在这种博大壮阔的歌唱共时体中，江河汩汩奔流，地轴默默转动，生命与更高的可能性凝为一体，成为抵制人类精神和语言能力下滑的巨大力量。

“柏拉图系统”对诗的偏见

柏拉图所代表的一脉哲学，最早表达了对诗歌的偏见：“诗歌败坏对人的正确教育。”“诗歌不能获得真理。如果我们忧念城邦的安危，就要提高警惕，抵御诗歌的诱惑。”（柏拉图《理想国·卷十》）

我以为，柏拉图这个认识“系统”对诗歌的偏见，反证了诗歌的力量。

真正优秀的诗歌坦陈人的独立感知、独立思考、独立判断，自由抒发人的生命体验，质询不同形式的“城邦”所不容质询的所谓“正确性”。

“城邦”用简缩和规训语言束缚我们。而一些诗歌用被权力话语驱逐的丰富的言词，来迎头痛击权力话语，使我们看到被“正确、严肃”话语所压抑的生存—生命的复杂性、丰富性。

另一些好的诗歌，可以唤醒我们心中渴望“逃离”“迷失”的那一部分，唤起我们对沉闷的、机械的、卑屈的“正确”生活状态的“羞惭感”。唤起我们对精神自由、爱欲解放的形象的渴望。读诗的人会将这个形象变成自我灵魂深处秘藏品的一部分——虽然他/她完全知道“诗就是诗，生活还是生活”——但与没有“秘藏品”的人还是很不一样的。

反诗与返诗

先锋派诗歌曾被人们视为“与传统决裂”的诗歌，甚至是以“反诗意”为指归的诗歌。这种认识从表面上看有其合理性，但实际上却是狭隘的、皮相的。何谓“传统”？如果它是指古典主义文学理论所说的“真善美”相统一的原则，那么的确，先锋派诗歌更关注生命体验之“真”，而不愿过多涉入世俗伦理的“善”；先锋派诗歌对美的理解也与古典审美趣味大不相同，它不是以和谐而是以“反和谐”（冲突）为美。

但“传统”本是个广大无边的概念，并不等于“古典主义”。若从它的源头古希腊诗歌看，比如在《荷马史诗》中，我们就很难说特洛伊战争敌对双方中的阿喀琉斯与赫克托耳谁善谁恶，诗人是在褒谁贬谁。实际上荷马对双方都有由衷的赞叹和讥讽。

诗就是诗，它不是道德教条，它关心的是生命和生存的力量与真实性，而非简单的善恶评判。这不就是“传统”吗？甚至是更古老更本质的“传统”！由此看来，先锋派诗歌并没有“与传统决裂”，它返回了更本原更古老的传统根脉之一。

至于说先锋派诗歌以“反诗意”为指归也是不确切的。何谓“诗意”？它难道仅仅是指那些唯美的陈词滥调，诸如玫瑰、夜莺、小河、田园……和那些自我迷恋或淡淡哀伤的丽人与俊儿的低语吗？我认为，“诗意”是一个发展着的扩大着的实践概念，它并不只存在于那些“美丽”的景色、“纯洁”的人与事物之中。艺术的美不取决于素材洁癖。由此可见，先锋派诗歌的“反诗意”实际上扩大了诗意的内涵，化腐朽为神奇，使诗具有生活和生命真相中粗粝的质感和温度。我们毋宁说它是“返诗意”的。

语言，美和意义的乡土

语言乃存在之家，词语确有生命。

我们依靠不断深入语言之家而深入存在，我们存在的深度就是我们话语世界可能达到的深度。那绝不仅是日常经验、事象的深度，还是生命体验的语言所企及的灵魂的深度。帕斯捷尔纳克也曾表达过这样的见解：主导力量不再是艺术家所欲表达的心态，而是他欲借以表达心态的语言本身。语言，美和意义的乡土，它自己开始思考，说话。语言之流在它流经之处按照自己的方式创造着无数其他的联系——这些联系甚至是更重要的，虽然还从未被探索过，未被人充分认识。

诗人对语言和写作关系的认识是深刻的。不只是诗人说语言，而是诗人与语言的“对话”——话语只有在“我说”与“语言言说”的交互打开中，才称得上是不可消解、难以替代的奇妙“诗语”。它才是我们流浪心灵怀揣的一撮“乡井土”。

整　体　性

我反对诗歌中绝对主义、权力主义的论调，在他们看来，诗，要么唯美而摒弃对存在之思的呈现，要么坚持从一种理念出发最终揭示它。前者被称为纯艺术，后者被称为深刻的哲思。

这是一种非此即彼的诗歌观念。它可能源于极权政治的思路或习惯。而我看到优秀的诗常常是这样:在词语的历险中,倾注着诗人生命中最持久的思想、感情和经验;在智力的快速运动中,闪射出精纯形式的欣悦和自足。

现代诗与流行诗的不同点有许多,其中较为重要的一点是,现代诗是"成人读物",而不是青春期的自恋抒情和老人的放弃追问的"无可无不可"。成人,要交流要磋商要沟通,就不能"拽文"和"玩人",更不能"撒娇"。你要书写的东西,是你的心智的确想表达的。在此,内容和写作技艺是相互发现相互选择的。而要使你的诗具有更可靠的价值,就应考虑让自己的情感、经验与智性,在技艺中化若无痕地融为一体,而不是只走偏锋或彼此分离。

谁能将火焰的光、热和形体剥离?这也许是科学家热衷的事情。诗人倾心的是不可分离的整体性。

无见证者

尼采说:你有勇气吗,我的兄弟?……不是那众目睽睽之下的勇气,而是隐士与鹰隼的勇气,这是甚至连上帝也见证不到的勇气。那种知道恐惧但又征服恐惧的人是有魄力的人;他瞥见深渊,然而却带着高傲的情怀。那以鹰隼之眼打量深渊的人,那以鹰隼的利爪把握深渊的人,才是具有勇气的人。

我曾经望到深渊,但它带给我的是眩晕和危险的冲击。我的失败,也许是太渴求见证者了。这在我的写作生涯中,成为无谓的精神耗损。尼采，谢谢你强力意志的提醒。

言 无 言

诗人与不可名状的事物相遇，他会倾向于沉默。但沉默不等于放弃，而是“言无言”，沉默是诗的另一半。让神秘的体验在沉默中继续展开。

诗 可 忆

子曰：“诗，可以兴，可以观，可以群，可以怨。”

其实，同等重要的还有——诗可忆。

沉浸于记忆，眷念生命，流连光景，明心见性，这是汉语诗歌亘古迄今一条未曾中断的金链。如果说不同的诗人其“空间”线索源于其不同的地缘文化、事象纹理、经验细节的话，那么，其“时间”线索则大致相似——源于对逝去的时光的倾心追忆。

美国汉诗专家斯蒂芬·欧文陶醉于汉诗的“回忆”模式，在《追忆》中说，在汉诗中，“回忆具有根据个人的追忆动机来构建过去的力量，它能够摆脱我们所继承的经验世界的强制干扰。在‘创造’诗的世界的诗的艺术里，回忆成了最优的模式。回忆的链锁，把此时的过去同彼时的、更遥远的过去连接在一起。有时链条也向幻想的将来伸展，那时将有回忆者记起我们此时正在回忆过去。……通过回忆我们自己也成了回忆的对象——成了值得为后人记起的对象。”

义山曰："一弦一柱思华年。"东坡曰："击空明兮溯流光。"

另一种咏唱

诗歌是对生命的咏唱。有一种诗人的咏唱与众不同。正如维特根斯坦所言：哪里的人继续往前走，我就待在那里的一个地方。这类诗人并不是登临绝顶而下临万象，他们无畏地坚持深入地狱，并为之唱出挽歌。生存巨大的空洞和黑暗，引领他们向下走，但他们并不为空洞和黑暗所困扰。在地狱的核心，他们置放了语言的军火，成为与地狱对质的灵魂。

波德莱尔、艾略特、奥登、曼捷施塔姆、策兰、普拉斯、阿米亥……就是这样的歌者。与那些一味哭诉并默许黑暗地狱的诗人不同，他们深入地狱是为了更犀利地澄明生命的真相；他们诅咒黑暗，是携带着人类更伟大的救赎精神。因此，向下之路，此时显得更为艰险。

在地狱中我们看到了诗人用语言集结着精神力量，然后上升，而不是仅仅昭示人类万劫不复的毁灭。这些唱挽歌的诗人，在揭示生存荒诞、空虚的程度上，可以说比那些虚无主义者更为淋漓尽致，但他们并不将自己的心灵朝着地狱打开。相反，他们的目的是：让人类重新思考生存和语言的性质。此时，诗歌成为放出人类罪恶污血的东西，他们也同时完成了另一种歌唱，歌唱人类独一无二的特性，即用语言体现出的审判罪孽的能力和权利。

“现实”何谓

在现代主义诗中，“现实”是指真正呈现生存和生命的实质，而非对历史情境和生活事件的简单追摹、还原。现实主义诗歌，反而没有这种现实性。

虚无与充实

传统的诗人，在其所处的通常条件下，现世生命在诗歌中达到了被把握的“清醒”意识。如果说他们的诗中还有盘诘及追慕的意味，那或许是由对“神”(西方)、“天地精神”(东方)的呼唤和对现世命运遭际的简单抗议所致。因此，他们的诗，更多是建立在“充实”与“神圣”这两个节点构成的美丽拱环上。由于意识到“神”和“天地精神”的型模才是最完整和最高洁的，这些诗人精神历史中最切实的痛苦可以简化为：人无法成为神，或无法真正“独与天地精神相往还”——这是“充实”的痛苦。“他祷告，它曾来相助，让他从熟透的麦穗很快簸出谷物。”

然而，在现代诗驻足的实存土地上，要继续这一种“充实”的局面却愈来愈困难。因为诗歌的培养基与过去的型态很不同。要言之，它不再基于“充实”的欣悦或痛苦，而是几乎相反，它基于“充实”的神话幻灭后变异生成的“虚无”。

这是一种奇特的虚无，它不是单指“无意义”“把不住重心”而言，它在现代诗中常常还意味着诗歌进入价值意义范畴的不可缺少的核心素材之一。干脆些说，现代诗的意义之一，乃是对这种“虚无”的特殊命名/敞开。

优秀的现代诗由对“虚无”本身的迷惘，到考察（深入其核心进行深度追问）、剥离（排除其边缘的、偶然的因素），这种巨大的进展昭示我们，“虚无”主题并不是无价值的、耗空的，可以简单悬置起来的状态，而是对诗人的责任感、思辨力的切实考验。就是说，在今天，做一个严肃诗人始终不得不对抗并对称于他所展示的生存难题。

一厢情愿地回避“虚无”感，缓和紧张，确实要舒服得多，但一个智者的力量却体现在他能够生活和对抗在“虚无”之中。诗人主体力量的壮大与其对抗物的复杂性增加是同步的。这样说来，对“虚无”的持久关注，就不再是耗损精神内核的缓慢过程：诗人通过把“虚无”纳入生命的话语而抗拒绝望。没有这种自觉的意识，现代诗就不可能得到锐利的保存和独具特性的进展。

因为，“超越”和“超脱”不是一回事。

由“充实”造成的“虚无”

“虚无”体现在现代社会的另一标志是：人类意识/话语的空前趋同化、工具化和非人化。言辞在反复追加集约性密度的同时，指向了相反向度的耗尽状态。个体生命话语的原动力，面临着统一纳入细致被动分工和被权力话语强奸的危险。有如集装箱中“充实”的物质，精神也似乎被强行嵌入集装箱。似乎每个人活得都应该更顺役于权力主义者或物欲实现者。

在我们身上，实用的知识增加了，而精神向度却严重缺席。科学技术和市场统治的双刃剑带来了海德格尔在《诗人何为?》中所说的“世界之夜”——“在此夜之夜半，时代的贫乏是巨大的，贫乏的时代甚至更加贫乏，它不再能体验自己的贫乏。”科层的、分类的“充实”知识使得技术理性、市场统治特性越来越快，越来越无所顾忌，越来越充满大地，“人的人性和物的物性，都分化为一个在市场上可计算出来的市场价值。这个市场不仅作为世界市场而遍及整个大地，而且也作为意志的意志在存在的本性中进行交易，并因此将所有存在物带入一种计算的交易之中。这种计算在最不需要数字的地方，统治得最为顽强。”

这种宰制性的“充实”心理，就成为阻止个体生命深入生存实在的东西。因此，这种由“充实”造成的“虚无”，也必然成为诗人对抗和揭示的对象。

三种喇叭

诗歌中的求真意志是一种永远“在路上”的意志。说到底，生存和生命的问题是永远朝未来打开的，永远不会完成或终结。写出个体生命体验中的历史语境的真实，是所有严肃的创作者的共同愿望。只不过在如何理解“真实”的含义时，是言人人殊的。

在许多人看来，诗歌中的求真意志和历史意识，有赖于“宏大叙事”。他们追索处理的是那些具有社会幅度感、体积感的可类聚的事件。在此，个人的晦涩经验，个人的本真命运就遭到了删除。这种诗歌的声音总是“嘹亮”的，它们曾经体现为体制化的高音喇叭，后来又出现了自封为启蒙“吹号天使”的喇叭，现在则是物欲放纵主义微笑的柔软暴力的喇叭。这三种喇叭虽内质不同，但或有相似的功能：基于一种“元叙述”，一种历史决定论，去遗忘或抹掉个体生命的记忆，简化或嘲弄个人心灵的困苦。

与此相反，经由个体生命求真意志濯洗的诗歌，是将历史的沉痛化为内在的个体生命经历，在个体生命存在最幽微最纠结的角落，折射出更为真切的历史症候。他们将个体生命的遭际，总结成特殊的、限量的“历史”，在限量中凸现诗人个体主体性的内在深度。在此求真意志中，“越少即越多”，它不是材料体积的宏大，而是体验力的宏大、命名力的博大。

另一种“反崇高”的发生学

不少论者言及先锋诗人“反崇高”。我想，对所谓“反崇高”，我们不能一概而论，内中有深浅之别。

难道求真意志本身不正是一种崇高吗？在求真意志激励下，会带来被片面解释的“崇高”的消解。

正如阿道斯·赫胥黎在其反乌托邦小说《美丽新世界》中描述过的那个人们耳熟能详的情境：一间宽阔明亮的大厅布满了接通电源的鲜花，一群孩子进入大厅，他们欣喜地扑向鲜花。此时，一双巨手拉下了电闸。这种情形屡次发生后，在孩子心中，“鲜花”与“电击”就有了奇诡的等式关系。

我想，对求真意志贯注的先锋诗人而言，所谓“崇高”这朵鲜花，也由于长期被匿名的巨手通向电闸而变得可怕。他们已渐渐培养出一种警惕的敏识力。他们知道，对“鲜花”的真实领悟，只能经由个人的骨肉沉痛来完成。我曾在一篇文章中将此表述为“求真意志的个人化”“历史意识的个人化”。它的出现不是“非历史”的，而是有着更为真切的历史吁求。

扩大的自我

写作不仅仅是自我表现。如果你赖在自我表现上，写出一点东西后，你将把自我大量地坍缩——关心邻人的生活是扩大的自我的加速剂。

读诗，也是一个象征行动

如果按照维特根斯坦所说，“我语言的边界就是我世界的边界”，那么，那些几乎从未倾听过诗人言说的人们，他们的“世界”该是多么机械、木讷和空虚呵！真正的诗歌，既可以是对神圣的言语方式的沉思和祈祷，也可以是本真鲜活地呈现经验世界纹理、日常生活的奥秘魅力的特殊载体。它不只是一种修辞学的机巧，更是对与我们的存在休戚相关的事物的命名、吟述。

诗是一个象征行动，读诗亦然。因此，从精神层面上可以说，一个人对诗能领悟（未必是亲自写作）到何等境界，他就活到了什么境界，“有境界则自成高格”；即使在浮生“耽乐”的层面上也可以说，一个人能有幸在阅读中与诗歌语言为伴，他所体验到的欢愉就是短暂人世的难得的赐福了。让我们铭记阿莱桑德雷的慨叹："在你的身体中有一场美妙的梦未能进行——就像獐子在奔跑，突然停滞……"

好诗和伟大的诗

我这样区分好诗和伟大的诗：前者体现为完美，无懈可击，有如一粒饱满润泽的珍珠，让人观赏；后者也许常常不够完美，但它却是能产生下一代生命的卵子，无数的诗人继续创造了它之所是。

"思考的深刻"和"生命的深刻"

"思考的深刻"和"生命的深刻"相去不远，但正是那永难相交的一点点，阻断了"唯思考"通往诗歌的最后道路。我们有着这样的内心需要：能生活得更深入、更清醒、更独立自由些，能在广阔的世界中、永恒的时空长河里，把握个体生命过程中瞬间展开的经验；我们深信，谁在自己的生命体验中陷得越深，并将之揭示出来，谁就赢了。真正的诗歌永远是居住在诗人全部的生命之内的，它定有无法用散文转述的部分，无法上升为普遍"理性"的部分。

真切地表现个体生命的诗，它聚集辐辏得越是狭小，张力反而越大。每个独立的生命体验都是有机性的，它不会因为狭小而失去与人类生存的天然呼应。

思　乡　病

思乡病：现代诗的一个基本母题。有些诗人找到的是精神避难的伊甸园，另一些诗人却寻找另一种更紧张纠葛的精神家乡。前者以安恬为终的，后者以历险为终的；前者自恋，后者自审。我热爱那些历险的诗人。说到底，精神的家园除去我们自身的火般的挣扎过程外，还能到哪里寻找呢？

使上帝及权势者震怒的话语

我总觉得《圣经》中有一段故事是饶有深意的：

洪水大劫之后，挪亚子孙在新的世界繁衍生息。他们成群向东迁徙，走到示拿地，发现一片沃野，遂定居下来。"咱们在这里建一座城，城中建一座塔，塔顶通天。做个纪念，留给子孙，传流后世。"

巴别塔就这样耸立起来了。

那塔节节升高，直插霄汉。这件事惊动了上帝。耶和华降临现场，看到人们挥汗如雨而配合默契。他对天使说："看哪，他们的动作这样协调一致，整齐划一，靠的是同一种语言。如今建城建塔，往后做起别的事来，就没有不成的了。看来我们得变乱他们的口音，使他们的语言彼此不通。"

接下来的事，我想大家都会知道了。

诗歌同样是人类企图沟通的灵魂话语，是人类伟大精神共时体存在的对话场所，是使上帝及权势者震怒的话语。

天使与撒旦

美，过去一向被诗人视为诗歌的核心问题。但我们今天面临的已不仅是寻求美的问题，而是如何去判定美的问题。美已经对其自身提出了疑问：我是什么？

我们知道，天使是美的，撒旦是丑的。但我们也知道，天使永远只能是单性的，并是个孩子，长不大；撒旦却能经历地狱之苦，是位成熟的反抗者。

传统和先锋

我想，我们是不是不要再纠缠在“传统”和“先锋”这对立状态的争执上？事实往往是这样：如果诗歌的确有最高限值，我们不妨建立这样两个极——“揭示生存/生命的诗”和“作为一种行当的诗”。这似乎更有意义些。如屈原的《天问》作为传统，和今天相对主义、怀疑主义的精神意向恰恰像是共时性的。

将诗作为个体生命对生存的追问和当作一种修辞技艺的行当，这不是新与旧的区分，而是真理和谬误的区分。

历史化，还是非历史化

关于汉语诗歌写作应取的向度，有种种争执。有人认为诗歌应具有更大的生存载力，个人化历史想象力。有人认为，诗歌应该非历史化面对日常生活,轻逸、快乐。

在我看来,诗歌的好坏是有大致标准的。但对何者应为“诗歌的表现对象”,其实是没有标准的。若问:历史化,还是非历史化,何者有益?回答是:二者都有益。

尼采说得好:“兴高采烈、善的良知、欢快的行动、对未来者的信赖——这一切,无论是在个人那里还是在民族那里,都取决于把一目了然的、明朗的东西与无法弄清的、隐晦的东西分离开来的一条线;取决于人们知道及时地遗忘,就像及时地回忆一样;取决于人们以强有力的本能感觉出:什么时候有必要历史地感觉,什么时候有必要非历史地感觉。——非历史的东西和历史的东西,对于一个个人、一个民族、一个文化的健康来说,是同等必要的。”(《不合时宜的沉思》)

在场和消失

诗歌作为一种独立自足的存在,源始于诗人生命深层的冲动。但生命深层的冲动常常成为惰性诗人敷衍写诗的借口。因此,真正的诗歌不迁就一切,包括“我”那点可怜的原动力。它关心的不是“我”在场,恰恰是“我”的消失。

隐去诗人的面目,将生命的活力让给诗歌本身吧!

承　担

艾略特将自己第一首伟大的诗篇(不是第一首诗)命名为《荒原》。这是对人类文明解体、信仰丧失的经典性命名。有人看到的是诗人的绝望，有人看到的却是诗人敢于承担绝望的勇气。

非个人化达成“个人文明”

对诗人的有限生命来说，只有从个人的具体处境出发，不断深入到更广博的对人类生存或命运的关怀，才能从根本上保证个我精神的不被取消。伟大的诗人就是这样做的，他们不相信表达“个我”与“整体”真的是“对立”的。在整合中，他们从一种个人隐语的范畴，来对被遮蔽的人类实存情境做了有力的命名。

艾略特就是这种成功的典范。他的诗从“非个人化”开始，恰恰达成更高标度的“个人文明”；他永远不撇开类群的生存体验，最终却成为统摄几代诗人审美态度的力量，诗人“自己独特的话语”的力量。在这种沉稳健硕的知性移动里，生存也许往往表现为空无的、自我耗尽的、受虐的状态，但是这种状态只是问题的起点，或者说是既成历史的残存物。在这起点和残存物之上，高蹈着“炼狱”的火焰，使人类精神历经着更高意义上的净化和强化。诗歌在此不再是诗人个人的安慰物、致幻剂，而成为人类中严肃负责者之间的广泛“对话”“交流”。这种存在的勇气，超越了士大夫式的个人高洁德行，而成为一种更彻底的、更激进的对人类求真精神共时体的加入和服从。

回击死亡的阅读

秋天到了，风展云乌，枯叶像往世之书铺满城市。

这是他一年中读诗的日子。

灵魂变得笔直、紧张、荦荦大端。掀开河流的一角，他知道最后的温暖将倾向于冰雪。

冬天，他做好了准备，你尖锐寒冷的爪子将打在他疲竭的脸上，就这样，他将热爱奋争的生活！

阅读，在你用苦难贯彻他的秋天，他已渡过并习惯了贫穷和失败。

乌托邦的流放者，在过分的离心中写作的诗人，请让他接近你们。言辞的历险，将死亡敲进意象的铁球。寒冷隐喻的终极，你们捐躯的青春已将他的灵魂压弯。

整个秋天，冰雪在他胸中跺着脚，它比他更寒冷。一行行读下去，再轻声一些，死亡被诗的弧光切割开。最深的隐痛，你们流过的鲜血，谁甘愿重新流出。

他的一生都不够强大，是由于惧怕换掉安逸的血。但是，在这个严酷的秋天，请让他从黑夜中接受你们的光芒，看见回击死亡的写作，并且改变他的生活。

诗歌从他的骨头中喷出火焰，它在他生命中走动，像一百只豹子的腰在风雪中焚烧。歌唱吧，痛哭吧，骄傲吧，逝去年代的诗人，你们流出的血已返回上界。这些乌托邦的流放者，中弹倒下的词根，使他懂得了去为古老的信仰而经历失败。

道路嘶嘶尖啸着，像你们的诗行喷吐出灵魂的火舌。他知道在市场的好天气里，独守语言家宅的诗人思者被忽略。崭新的时代，坚持老式的纯洁，这意味着语言风暴核心的震颤是他们看不到的。

回击死亡的阅读，用语言攻打语言，用热病刨开生命深处的炎症。顽强的钻头揳进生存，它伤害过你们；正如巨大的伤害使思想怀孕，语言中的鲜血出发还会再返回。回击死亡的写作者，双手擎着心灵话语的诗人，请让他和你一起为希望之火添薪，把灵魂挂在死亡的尖钩上面歌唱。

秋天到了，风展云乌，你们扛在肩上。

这使我开始相信一种回击死亡的写作和回击死亡的阅读是可能的。就这样，我也将热爱奋争的生活。

攫　　住

深刻的诗篇常常呈现出生命本身被语言攫住时的状态。正是在这种状态中，生存的终极实在才可能显露出来。“攫住”是一种互为纠葛的力量，它使我们转向与语言的斗争；因为另外的选择就是放弃和沉沦——攫住状态的消失。

向　　下

冬天的夜晚，北风打开天宇。在一切都冻得哆嗦的西部，我和朋友来到一段废弃的大川。

裸露的河床铺满乱石。狞厉，冰凉。缝隙中挤着污浊的雪霰。我们踏上它，感到热血从脚踵升起。这是些战败者的头颅。广阔的空无和黑暗，在我体内发出回声。

河床缓慢而坚定地向下划破……每一步都仿佛是一种尽头。两岸起伏的沙砾，像是土地裸露的神经，它努力向下压迫，使河床趋向于金属。

走，向下！我点燃了一蓬沙棘，从黑暗和寒冷中，骑上窃来的有限光明。

我听到我的胯骨在歌唱，我感到祖先曾这样用身体和血液思想。

来路不远。我知道只要稍稍返身，就可以爬上堤岸，融进稀疏的人间灯火。但是，我被这种怯懦激励得愤怒！我必须比黑暗更黑，去经历坠落的眩晕。失败的巨川上，走着两个扭曲身体的人。

河床在三千米处豁然开阔。它猛烈下陷。犹如来到地狱之门，我看到朋友噙着泪水，在一片昏昧的冥光中，他不屑的脸第一次充满了谦卑的表情。

我想，现在我们已没有更好的退路，一种巨大的恐惧压迫我们走向完成。

就在这一瞬间，我们同时迈出向下的一步。要是我们不选择这一条向下而危险的道路，留在我们心中的危险和黑暗会更深些。

走下去，去经历命定的核心。让我们看看在坚硬而冰冷的川底，灵魂是不是望得更远。寂静被滚落的石块割开，我们摸着它向下。在这黑暗而洞开的墓茔中，我的心开始抬起双翼。

这是与地狱对称和对抗的力量！我们跪在谷底的干雪

中，把地狱追逐。它终于道出了真相：向下之路也是头颅飞翔之路，当我们愤怒地刺入地狱之中，地狱已经死去。

——第二天我从梦中醒来，在身体高热中完成了长诗《青铜墓地》。这是我第一首充满光明的诗章，而它却是“地狱”的赐予。

完 善 者

在语辞的历险中，我发现了许多小小的完善者。他们使我快乐，但不是那种值得我重视的人。我向这样的诗人致敬：他们的不完善是因为其奋力企及之物的渊深或高阔。

祈　　祷

让我难忘的默祷：“啊！敬爱的牧神，以及本地的一切神灵，请保佑我具有内在灵魂的美，保佑我内外和谐、表里如一。让我相信智慧即是富足，让我拥有对于生活节制者是恰如其分的财富。”这是古希腊一位被判处死刑后拒绝逃走的圣者说的话。

钻　　探

我的一位研究地球科学的朋友告诉我：研究地球内部现在有各种途径，其中最直接的方法是用钻探。但打超过数千米的深钻，靠现在的技术还不可能实现。另外一个方法则是利用地震波的传播进行推测，因为地震时从震源发生的波会在地球内部传播。

我由此推想，研究生命的本质，诗歌也是有效的方法之一。在各种科学的“钻探”暂时未能触及的层面，我们可以利用诗人的生命体验揭示人类灵魂的无限可能性。诗人是最敏感的人类触角，是幽微或剧烈的“地震波”，杰出的诗章常常扮演着先知的角色……

问　答

“我总是找不到准确表达自己的诗歌语言，我到哪儿去找它们呢？”一位三年级的大学生问我。

“诗人和语言永远是呈相互选择和发现状态的。它们彼此向对方趋进和拓展。说老实话，没有人能拍着胸脯担保他找到了永远适切自己的语言。有时是诗人写诗，有时是诗写诗人。然而，没有可以寻找的东西了吗？到底还是有一种东西可以寻找，那就是寻找本身。”我不认为我的回答意味着对诗人与语言残酷关系的妥协。

诗与读者

文本和读者是相互打开的。创作与接受各有过程和职能，是互动互识关系。诗人用不着自矜“我不需要读者”，合格读者从来不会不是我们写作最强烈快感和最噬心考验的来源之一。

但优秀诗人的标志之一，乃是既吸引范式读者而又能独立于他们的能力。舍此任何一端，一切会变得颇可怀疑。

反牧歌，或回答一位前辈

我的诗，的确，开始是假寐中的红鹳，它微敛手风琴的排扇，阳光邀约爽风在芦荻间逡巡……湖滨林中的果子摇荡如环佩。

但接着，飞矢蓦地嗖响，疾风拎碎了大水的神经，红鹳仆地，阳光遁驰……

这“不纯”的情境惹你不快。你需要“美”，非常遗憾，我似乎执意要把一切弄糟；你热衷“牧歌”的温抚，我却不得不真实地发出骇怖的尖叫。

我的诗，的确，开始像羞赧披垂着的千金榆叶子，当天光拍醒了花粒，它们恭顺地筛出安慰的字符。纯银的光斑绣上孩子的眼眸，两只蝶儿在梳理黑丝绒触须，有如妈妈摩挲头发所唤起的……但接着——

时令在催促，天空纠结起搬运冰雪的货车，伐木者郁窒地挥动斧子，雪霰扑打千金榆苦涩的根块，发出钝响的膛音……

别说这是我生命的“涕泣”。不，我把一切戕害视为必然，我受得了。可还是要谢谢你的担心（虽然你的担心几乎……是多余的）。

年复一年，的确，我的诗越写越糟。词语笨拙地认命如宿，红鹳一闪身就成了鸱鸮。千金榆在抖擞中，化为铁栅条。我不安地写着我命运中纷沓而来的颠踬，词语像地窖里的干土豆，在黑暗中固执地抽出有毒的绿芽——

这些一定不是优雅的“题材”。但它们于我却是骨肉相依。

——“你要把诗写美!”

——“为什么不能糟一些?”

——“诗是生活的牧歌!”

——“不，诗是溢出到生活里的噩梦。”

前辈，我或许并不比你缺少对“美”的领悟。耽于苦涩和有毒的词儿，由于它就是我的日子，我的心。“请牧歌宽宥，谅解。”

长 诗 热

近年有不少诗人在写长诗，有人称之为“长诗热”。我读过一些长诗后，觉得有个别的写得还不错，但大部分是陈旧的抒情、叙事相结合的“大诗”。另外还有一些所谓长诗，我觉得更像是题材、感觉相近的组诗。还有一类就是依赖美文抒情，诗人硬在一个所谓“严重的”情感氛围里赖着不走，拖泥带水反复抒情，写不长不算完，其实那口气已经稀释甚至散掉了。

由此想到今天我们应如何考虑现代诗中的“长诗”。

我觉得，如上长诗写作除去诗人个人的具体原因外，从大的方面说，可能与中国诗人对长诗的理解还停留在前现代的乡土时代有关。

乡土意义上的长诗，会有一个朦胧的“远方”，也可以说是“后方”，诗人向一个旧的乡土的“心灵家园”沿一条线退守，既是其精神完型，也影响到诗歌结构。其实这是虚假的，诗人把自己安放在了一个不存在的地方，享受美文的快感和“浪迹感”带来的骄傲。这样的诗，经验读者其实很难看得下去。

我以为，在今天，长诗的标准最好是在都市文化的背景下被重估，不仅对诗歌，它还几乎是决定性的文化衡估力量。今天的长诗，也必须让人“看得下去”，甚至兴味盎然。它不是有“终极目标”的沉闷的一条线，而是散点的、活泼的，同时又有语境的浑整感。

当然单纯计量意义上的“长”和“短”，与诗无关。倒是某类诗与“长”有关，这类诗需要长，就像另外的诗需要短。长诗的素材和气场都在召唤写“长”，这是以“充实之为美”为前提的。

有创造力的现代长诗结构，既是自由的，又应有自觉的组织力。我的想法是，现代长诗不是由此到彼的线性的结构，而是诗人各个不同的精神角隅在发生共振时所形成的“磁场”结构。现代长诗会有许多章节，各节都像是一个个心灵角隅，彼此对话，彼此呼应。诗人应做到要让每一节都写得简劲透彻而有趣味，使它们一定保持住局部自身的“诗与思”的高强度；而全诗则是磁场式结构，这些诗的各小节像是不同的振点互动，有时还互破，磁力线交叉折射、彼此激发，当读者在读其中某一节时，不但前面的内容在起作用，前后左右的都在起作用，由此诗人的精神空间得以整体性显现，使得全诗宏细有致，神完气足。

我想，在当代的诗歌阅读趣味条件下，一部长诗的局部强度首先要做到位，同时各节还要做到彼此激发，甚至“彼此发现”。局部、整体，缺一不可。我看到，有很多长诗，一带上叙述成分，诗人其实还是模仿了一篇潜在的散文的结构，“起承转合”，或机械因果律，像是火苗摇摇晃晃临近熄灭时，诗人勉为其难地又挑一挑，吹口气，再烧会儿。诗歌创造力的强度、浓度没有了，只剩下“长”。我以为，允许人们说一首长诗主旨构架“深刻、重大”，而局部成色却深一脚浅一脚依然不失为好诗的时代，已经过去了，甚至永远过去了。

体内能量的转化

有人说：“诗是突然而至的不可重复的一次性灵感引爆。”他向我朗诵了狄兰·托马斯的诗：“瞧，这完全是神赐的灵感。”

对此我能说什么呢？还是让狄兰·托马斯自己说吧——

“诗歌是竭其体力和脑力去建立一个形式上天衣无缝的词的框架……用它来保留创造性的大脑和身体的一些真实动机和力量。对我来说，诗的冲动和灵感仅仅是一种突如其来的体内能量向构造和技巧能力的转化。”

再剥夺

现代诗歌所构筑的话语世界，许多是由强有力的隐喻达成。但是，如果其内部没有被思考震撼的活力，隐喻就可能变为对修辞的盲目服从。这样的结果是：人被生存异化之后，又一次被语言异化；人被生存剥夺之后，被语言再剥夺。让那些孱弱的诗人拈花微笑吧，我们去领受“变血为墨迹的阵痛”（艾略特语）。

正典与创造生成的“理解”

现代诗人与传统的关系，是正典与独立生成的“创造性理解”关系。在此，继承与创新，不再是两个词，而是二者构成的一个“新词”。由此衍生出的另一个干脆的说法是：不只是传统决定或造就了杰出的诗人，有时几乎相反，是杰出的诗人“生下”了传统。作为杰出的诗人，他的某部分意识背景和隐语世界必须是独一无二的。诗人（或诗歌文本）存在于传统之内，同时又制约和改造了传统；逃避了传统的控制，反而从更高的层次加入并丰富了传统。这里不存在拟古不拟古的问题，只存在通过词语建立另一个生存—文化—个体生命话语世界的问题；不存在是否符合某一类老式读者阅读类型的问题，只存在通过新的创造去同时创造出新的读者的问题；不存在我们能否让“遗产”不朽的问题，只存在传统是否能使今天之诗秘响旁通、内力远出的问题——我们是为揭示具体历史语境中的生存/生命而写作的，我们又不是鹦鹉。

真正杰出的诗歌（诗人），同传统的关系，就一定是一种奇妙而模糊不清的，张力极大的，可变的和间接的功能场；这种既增补又超越，既深入又剥离，既是共时体的一部分又是隆起的个别性价值……的能动关系，我们在历代诗歌大师身上不是一再地看到吗？

诗人的自我

沃尔科特写过一首精神自传性的长诗《另一生》。其中追忆了对其精神产生影响的前辈同行。这启示我们，诗人比我们单维的一生，还要多出一生。他的“自我”，并不那么单纯，往往是由无数个更早的“一生”、更早的诗歌幽灵环绕的。

另一生，是与此生平行游走的“往生”，即所谓“从某部小说的书页中我找到了生活/比你真切，已被选为/他命中注定的女主人公，你知道，你知道”。

美，作为偶然的发现

对诗人来说，先有自然美，还是先有美感？要回答这个问题并不简单。如果我们说美是必然，那么没有诗人对它的感应，它在哪里呢？因此，对美的发现是偶然的、珍贵的。

你以为我作为诗人，说话偏执吗？那么听听科学哲学家马赫怎么说：“物是感觉的复合。感觉不是‘物的符号’，而物倒是具有相对稳定性的感觉复合的思想符号。世界的真正要素不是客观物，而是人的感觉、意识。”

物与感觉一定是同步到场的，是为“感觉的复合”。

美，更是人的感觉的创造物。感觉之外的“美”，只是多余的假设，是没有讨论意义的。在人对美的感觉、认识活动中，区分心理要素和物理要素是不必要的。要素本身是“复合”的，物与感觉都有实在性。

握住神经里伸出的电线

在我生命的深处，涌荡着一股激流。它催促我的双腿，在祖国的树木生产的纸张上行走。它没有长度，因为它每天都像是一个元始；它是一道闪电，扩大了周围的天穹；它是被形式化了的词语激流，在始终不渝地浇灌、焚烧。我镇日守望着，母语笼罩我广阔的空虚，如一盏坚定的圣杯，等着我的身体——这青春的血屋将它注满。

汉字，你这缩小了的祖国！温热，震动，肉感。带着理想，失败，高蹈，运行在裹挟了苍生、文士 、鲲和鹏、牲畜、经文宝卷、博物馆、国家铁路……的大风之上。你孳生繁殖，与死亡对抗又对称；让真理由地上长出，诗词曲赋从天下视。你是整饬、短促、斩钉截铁的，你比任何种族的语言更懂得静默。你圆融通彻，又干涩得令人战栗。是的，我捧着你，像擎起青青的鹰卵，我的心面对你凝神、惶惑，因为你是易碎的、莫测的，绝不肯轻易抬起双翼。

我看见母语展开的大海。我看见我的先祖在海面掀动的白帆的舌头。我看见诗歌像条条海浪的筋腱。我看见太阳是屈原在写作中拼命而弄肿了的眼睛。我看见散文是裸体的岬角，镌刻着一个群落悲怆的铭文。而小说是肉感的、煽惑的，它要在海上铺开英雄和妓女的凯旋拱道。勾栏，戏剧在哗笑，在急行，是黏性的海藻，带着焚烧过的情欲，要求一个孩子脱缰。

比击壤更遥远。当暴雨狠砸在一个元谋人散发着熏炙兽香的弯曲身体上，我会听到山洞中火箸敲击着踝骨，祖先们粗鄙的歌唱、狂喜，呼吸中的怒火。那么，这一切就是我们的起点。母语——在那时你已布下徽帜和罗网。一颗大豆碎裂的声音。沙漏从脉管中滴答流逝，在汉字深埋于高峻寒冽的雪峰时，精神有没有出生？

写作，是最终的绝望。一个有罪的成人在忏悔。他不顾危险的警告，把垮掉的身体最终捐躯于他的创造物。当他面对纯洁的、空虚的纸张，他立即会被空虚深深攫住！噢，他在走，在爬，在深入。他要翻出深埋于膏肓之下的热病。词语在退走，真理已缺席，疾风绞着雪霰的黄昏，没有谁来看顾他们。向下之路是抵进生命之路，意志的迸涌使词根咆哮。当一个新词被拎出来、敲响，我知道那也是缩小的雷霆在集会和颂扬。

但我已不再做如是想。灵魂的烈火也常像一个盲人在悬崖边上取暖，他并不知道群山的锋刃已经开槽，语言内部在哗变，自己已向自己发起进攻。是的，真实就要坍缩，良心巨大的眩晕有时也会形成盲目的涡流，光明也可能只是纸张的反光带来的幻视。

"并无胜利可言，挺住意味着一切！"在与我的抱负等高的山上，我知道，写作最终使我获得的不是成功，而是致命的电荷，敢于承担绝望的勇气——握住神经里伸出的电线！

轮　　回

启示录式的反讽贯穿在现代诗词语的历险中，我认为，这种因素的出现，使读诗成为死亡与新生两个词族的混合舞蹈。讴歌死亡的诗人，不一定受动于自毁激情，恰好相反，他祈求的是烈火中钢的轮回。这一点，脆弱的读者是看不到的。

立　场

如果作为生存见证的诗歌存在，我对人类的信心就会存在。我将诗歌看作半人性向人性的艰难过渡。诗歌的历史应该被看作真理呈现自身的历史。伟大的诗歌不宽恕一切，包括诗人自身。消灭诗歌是对人类精神最根本的迫害。我们考察一个时代，有一条屡试不爽的方法：看它对诗歌的态度。

火　光

我的心又一次回到火光深处。在我持久的写作中，“火光”这个词语，总使我惊愕。作为重要的诗歌元素，我知道它的出现，往往携带着与燃烧和毁灭有关的一切。它是光，革命，炽热，能量，破碎，耗尽，失败，冰冷，死亡。它牵引出整整一系列母语，使永恒、上升与终有一死、堕落这些彼此纠葛的概念相沟通。因此，我不想将它仅表述为某种激动人心的抒情，或仅在黑暗和冷漠中发掘光明的要素。我同样不能说，它是诗人偶然发出的灵魂的惊呼，这惊呼导源于即时性的不能忍受寒冷和苦难，或是甘愿负罪的人本天性。无论如何，我也不想将它理解为神性的光照。

大化流行，生生不息，在我们习见的事物中，火光像黑暗一样，都是人类共时承受的。如此说来，我凝神已久的火光，是与罪孽搏斗中的诗人生命熔炉的瞬间完整显形。至少这种品质，从屈原和荷马的诗意中，已然显示。后起的诗人，将会不断扩张、加深它。如果有一天，这个词汇蜕变为本然意义上的或单向度的洁癖，我以为它就昭示了诗的消逝……

宿命或抚慰

> 看，我的双手彼此领悟，我辛劳的
> 脸庞在双手中得以休息。
> 这使我有一丝感觉，
> 可谁敢断言这样就是存在？

无数个深夜，当我心力疲惫时，我会浸入到我热爱的诗人里尔克表述的精神氛围中，这种空的满，灭的生，有如尖锐的冰凉的刀片，划开我的思想，让它流出鲜热的自我对话。这样，我会得到一种近乎宿命般的抚慰：是啊，对于存在，我们又能说什么？特别是对诗——这种深入生存又一再被生存剥离、追问、否定的语言形式——我们究竟能说出什么呢？那种在生存与诗语的临界点上走钢丝的人，难道真的能够解剖、剥离、判断、扬弃出什么是真正的价值，而不会坠身于这冰冷的钢丝之下吗？这简直是一场无望的赌博。那么，一个不是出于自发而是自觉地选择了诗歌批评的人，就是一个主动寻求困境，主动吁求灵魂一次次寂灭再返生的人。我是在严格的事业意义上谈及诗歌批评这种特定的理论行为。

所以，真正的诗歌批评并不能妄想获取一种永恒的价值。它只是一种近乎价值的可能，一种启示；它索求的东西不在它之外，而它却仅是一种精神姿势，一种不断培育起来又不断反思的实践过程本身。重要的是永远抗拒结论，不断抵制下滑，而且同时要有将灵魂语言的囚牢坐穿的勇气。

反　抗

现代诗人与过往诗人一个基本的不同点是：后者在诗歌背景上，有一种千年圣福的爱，神性之光的普照。而前者则必须在上帝消失之后，为自己造出一个词语的“上帝”。这意味着诗人将创世纪的原因从上帝那里收回，他使得世间一切事物要重新经受诗语的检验。这是一种天然地反抗诸神的姿势，它保持了现代诗结构的巨大危险张力。

启　蒙　者

真正的诗人常常是这样：他描绘的地狱，不是萨特所说的“他人”，而是自己。他通过自己，审判生存的根基。不要相信那些“纯洁”的启蒙者，他们才真是老谋深算，他们要代替神衹，而使自己在被审判中永久缺席。因此，我忍不住要对他们说：启蒙人者啊，请先使自己启蒙吧。

神谕的别种解释

古希腊阿波罗神庙上有一条神谕:认识你自己。

这条神谕曾经是含糊的、可选择的,现在它已经不再是那样了。“认识你自己”,就是说认识到你只是一个人,不要以神明自居。认识你自己,与认识神明同样艰难,却更为重要。

失败与成功

诗歌是诗人的生命方式。从此意义推想,诗歌生成的过程是高于一切功利性结果的。但我知道,许多诗人渴慕的仅是公众认可的“成功”。我想起了帕斯捷尔纳克的话:“别人沿着你刚走过的脚印,紧随着你走路,寸步不离。但你自己,可不应该把失败和成功分开。”

澄　　明

诗就是思。思就是使遮蔽得到澄明。澄明就是海德格尔所说的“光芒朗照”(lichtung)。“光芒朗照”的词根是“光”(daslicht,light)。歌德临终时吐出的话语是“再亮些”。诗人,让我们渺小的生命投入母语的火阵吧……

诗学与诗歌

在我的诗学研究中，我同时用诗歌写作来省察我的理论文字。我发现它们常常是互动的，诗歌和诗学一样，往往从反思对方开始。诗歌的固执是诗歌的必要，诗学的固执也同样是诗学的必要。一首优秀的诗歌，将有可能成为新诗学的感性表述；而一个有真值的诗学表述，则有可能成为新诗歌诞生的召唤。我不放弃诗歌写作的动机，乃因我将之视为对新诗学发展的一项有意实验或至少是一项必需的训练，而不是像我的朋友们所说：是诗学研究兴味索然之后的心理补偿。因此，在我这里，诗歌的产生没有捷径，就是说：它源于一种完整自觉的构想。这也许是我的诗与灵感派诗人的不同之处。

诗歌批评作为“写作”

罗兰·巴尔特在《批评与真实》一书中揭示出一个有趣的事实，即如今许多有效的批评家也成了“作家”。“作家”不应以他所书写的文类为特征，而只应以某种“言语的自觉性”为特征，他体验到语言的深度，而不只是它的工具性或美感。以前，批评与创作是被一个古板的神话隔离了，而今天的作家与批评家处于同样缠绕，也很可能是欢愉的写作环境中，挖掘着同一个对象：语言。

批评也是对语言的纵深挖掘。它作为“写作”的意识，不仅会影响到理论批评话语的表面的修辞效果，而且还注定会激发出批评家的陌生的思考，异样的书写欢愉和情感经验的冲撞力。在挖掘语言的某些过程中，我的确曾享受过创造的快乐。

有　机　体

那些成功的作品会带来一个有机的独特的整体，它具有自觉的情理线索和彼此呼应的细部技艺环节，它有语境内部的统一性、张力关系、动态平衡。一句话，它应具有自身具足的、持续性的、意义深远的东西。

损耗或奉献

人的爱心是有定量的吗？弗洛伊德认为，当人爱他人之时，他对自己的爱将会有所损耗。我有时感到，这种情形有些类似于诗人对诗歌和对自我的关系。他用常人对待自己的方式来对待诗歌，他用常人对待别人的方式来对待自己。诗人的本性乃是献出他的生命建造词语的灵魂……

怀疑论者

我喜欢和怀疑论者做朋友。真正的怀疑论者，不但怀疑自身之外的东西，而且也怀疑自己的怀疑。

人的精神像已经发动了的机车，怀疑乃是其燃料。烧光了事。而有的人则完全没有这种燃料。他只是原地踏步。

诗人日记

日记是我们努力抓住自我的方式。但有许多人写日记是由于构想出另一个“我”来满足自己。在日记中他打扮自己，怜悯自己。他所面对的不是“我”，而是未来的潜在读者。他的日记，更像是一个冒名顶替的骗子。读许多作家诗人的日记，使我对“日记”产生了一种虚无的看法。

“写作就是坐下来审判自己”，就体裁的严酷性而言，日记是意志薄弱的诗人不应动用的形式。一种危险的精神财富。

我的天！无聊啊。某些诗人曾强迫我，和他一起欣赏他的日记。

批判性成为新的教条

我看到，在所谓“否定式思维”自以为预支了“深刻”的浮躁文论环境中，浅薄的批判性正在成为新一轮的教条。

理　　性

现代主义诗歌的出现，刷新了诗歌的基本构成。在我这里，常常会有人问道：“我为什么读不懂，是不是我太理性化了？”对此我不知如何对答。但就我的体验，一首有难度的现代主义诗作，我们之所以读不懂，原因更多不是由于我们的“太理性化”。恰恰相反，是我们的“理性”，只是生存功利衍生的道理，而不是生命意志与天地之道的合一。因此，这时代多么需要健全的理性啊！唯信生存功利的“道理”，对人这“思想的芦苇”而言，恰恰是反理性的、苟且的。

只有对不乏深度理性的人谈论深度非理性才有意义，反之亦然。

想象力与可信感

如何把握诗歌想象力和可信感的平衡？广义地说，现代诗歌，就是指那种以想象力（幻想性）和人性复杂经验为中心的语言表现。但是具体到写作，诗歌的“想象力”或“幻想性”，其实主要是针对创作发生学和不同创造力形态之差异的探究，而不是一个简单的价值论问题。因此，想象力是否“丰富”，并不能决定作品的价值，重要的还是想象力质量的高下——能否在自由的想象中不输掉可信感。

很明显，与美术、音乐中的想象和幻想不同，诗歌话语固有的具体生存语境压力和词语使用的全部历史留下的痕迹，决定了我们在衡估诗歌中的想象或幻想的价值时，必须同时将其“可信感”考虑进来。想象力与可信感，二者在好的诗歌文本中应是互为条件、彼此打开的，离开任何一方，诗歌文本在意味和形式上的有效性都要大打折扣。所以我想，今天我们要面对的有关想象力问题的确切含义，可能是这样的：我们的诗歌在想象力中丧失的可信感在哪里？在可信感中丧失的想象力在哪里？

我看到，大量实验诗歌对想象力或幻想性的无谓挥霍，在想象力中丧失了可信感。可能是为了抵制过度泛滥的日常主义叙事诗歌，近年来，先锋诗歌又明显地趋向超现实的“语词自指”写作。但是这些诗人对所谓“先锋性”的认识，多数基本是停留在“先锋就是语言的自由”层面。他们认为，先锋诗歌就是幻想的极度奔涌，话语的神奇组合可以摆脱生活真实，构成自足形式的力量，会将我们从沉重刻板的现实中解放出来，遨游于自由想象的文本世界。缘此，他们的创作心境和话语过度地轻忽而散漫，把想象的权利变为一种“让读者不懂的权力”，并强迫读者与作者立约：“我是在自由幻想，你们要学会接受我的全部幻想！”这样一来，就将对作品可信感的解释权全部收归作者所有，具体生存的真实性、人的生命体验的复杂性、诗歌艺术必要的精确的分寸感，却被搁置一旁。

另一些先锋诗显豁的缺陷是：题材和修辞效果一荒诞，诗人的心灵也跟着混乱荒诞起来，其结果是两相抵消，紊乱扭曲的意向完全不可思议。不少诗作不期然中从审美效果上，好像是在为荒诞和恐怖做着等式的证明和辩护。由于诗人只知在“奇诡”上争强斗狠，酷嗜于过度“自由”的幻想力，而忽视了诗歌语境的准确性和心灵体验的可信感，使得它们更多是留下了话语自指的空转，措辞学的花招，“自动书写法”的自恋或自虐。这些先锋诗人的幻想力或想象力不可谓不丰富，特别是其修辞想象力并不缺乏，甚至有些膨胀，而其文本中心灵体验的可信感却明显地稀薄。修辞效果的想象力，一定要与具体生存和生命体验的可信感扭结为一体，当下先锋诗歌想要保持想象力的有效性和持久的价值感，实有必要探询一下何为“有可信感的想象力”。

似乎可以这样说，对于想写出好诗的人来讲，没有任何一种想象力是可以真正“放纵”的。

有价值的“艰涩”

诗语的艰涩，如果有艺术上的价值，那应是诗人意在造成经验的互否与增值，以及声部的多重共鸣感，是一种智性下的设置。为使诗达成深层完整的对话与交流，并保持合适载力下的简洁（“少就是多”），诗人不能原宥语言的懒惰和无能，他没有快捷路径可走。因此，我认为，艰涩的前提是一定要有修辞可信感，有超量的义项要压合。

真正内在而精确的汉语诗歌，在现代条件下，常会体现出不同程度的艰涩感。因为现代语境中人的经验和情感日趋内向复杂了，简化和避闪有违写作意义上的“伦理”。

困难在于，我们同时要警惕那些徒具“合混”外表，骨子里没啥名堂的人利用这一口实欺世（所谓“神赐的妙语”，在目下已讽刺性地变成“新八股”）。在此，我想最好让我们将两种“艰涩”厘清，把那种有价值和魅力的艰涩，视为对词语更精确和饱满的摸索。

混声的独唱

作为人类“求真意志”体现者的诗歌，是“混声的独唱”的诗歌。在这样的诗歌中，“真实”是一个主权未明的语言领地。诗人不再扮演全知的“圣人”（或代“圣人”立言者），而是扮演与读者沟通、磋商、周旋、对话的角色。“求真意志”从不夸耀自己，从不封住不同的“我”（个体灵魂内部的分裂和争辩）的嘴，它的价值信念是：心灵的怀疑、追问，远胜于任何既成的理念教条。正如杰出的诗人帕斯所言：“我们每个人同时就是好几个人。我们倾向于消除这种多样性，以获得一种所谓的统一……充满活力的作家，哪怕只写五行字，也依旧保持自我的多样性，保持“我”与其他的“我”之间的对话。取消多样性就是自相摧残……总有另一个“我”在与“我”合作，而且一般来说他是与“我”唱反调的。当我们封住他的口时，我们的文学就变成了枯燥乏味的道德说教，变成了讲演、训话。……假如一个作家标榜理性、正义、历史都在他一边，那是不道德的。”

对“真实”的解释，也永远不会依赖于一个超个人的绝对权威来保障实施。那个“明晰的世界”“已成的本质”，从未真的完整存在过；如果诗歌（和小说）成为对这些杜撰的神话的流水线作业说明书，那么文学也就成为可有可无的语言游戏了。在这个体制化权力、信息和声像暴力媾和的时代，文学之所以继续挺身而出，是因为人类需要一种方式来挽留“人的心灵”的声誉。

灵　感

我愿意这样来理解诗歌写作中“灵感”（inspiration）一词的含义：第一，它不是柏拉图所言的“神赐的迷狂”；第二，它不是浪漫主义诗人所言的“个人天才”；第三，它不是许多现代诗人所言的“潜意识原欲冲动”。

如果的确有“灵感”存在的话，它是指一个诗人不能有力地处理某一突发精神状态时所产生的焦虑和痛苦之情。当诗人脑中突然呈现了一个很有意味的词根、句型甚至精纯的几行诗句时，他不是得意扬扬地迅速处理掉它，而是强烈地意识到一种绝望的、边缘人的境遇：它来了，那么神奇！我难道再也不可能超越和提升它了吗？如果是这样，“灵感”就成了最终的得胜者，它把持并阻死了通往更深广境界的道路，它限制了“我”为避免轻飘而做的艰砺持续的努力。

正是在这里，杰出的诗人意识到灵感的危险性和无用性。瓦雷里曾这样表述过自己的立场：灵感派诗人不过是些“短命的通灵鬼”。只有灵感并不足以造就一位诗人。那种在睡梦中看到了一件珍宝，醒来后发现它在床下闪闪发光的情形更不值一谈。在极强的光芒下，闪光的并非都是金子。一百次产生绝妙灵感的瞬间也构不成一首诗。因为诗是一种延续性的发展，如同随时间变化的容貌；纯自然的诗只是在心灵中产生的庞杂的形象和声音的意外相会。因此，倘若我们想写一部由一系列成功之笔组成的作品，并使其首尾连贯，就必须有相当大的耐心、韧性和高超的技艺。我宁愿在完全自觉的、完全清醒的意识活动下写些稍差的文字，也不愿意借助灵感在自我之外创作一部名篇佳作。因为一道闪光对我毫无益处，它只能使我自我欣赏。较之等待着四处制造几个来去无常的电闪雷鸣，我更喜欢学会依照自己的意向迸射出一束小小的火花（《瓦雷里全集》Ⅰ）。

我们不能认为瓦雷里是否认“灵感”的存在。但如何理解这种存在的意义，却是诗人的深刻之处。灵感的来临，在不同诗人的心目中具有不同的意味和价值。瓦雷里还这样幽默地表述过:灵感常像是上帝无偿地赠给我们第一句,而我们必须自己来写第二句,而且无愧于它那神赐的“兄长”。为使第二句能同上帝的馈赠相媲美,就是用上全部经验和才能也不过分。——请让我们铭记诗人的教诲。

绝望的激情

中国的先锋诗歌始终面临着这样噬心的纠葛:个体生命的激情与权力法则间的对称和争辩。这种情势,使先锋诗歌得以隆起20世纪以降中国始终闭抑着的精神分裂主题。因此,分裂这一语辞,在当代西方意味着物质和技术的暴力带给人类的后果;而在中国,是体现为诗人对权力主义暴力所萌生的作为个人的复杂防卫机制。由此导出中国先锋诗歌与西方诗歌的不同向度:前者从个体生命出发,趋向呈现一种种族主义的良心,高峻的绝望之美;后者更关心个体生命的无助和空虚。这种分歧,可以通俗地表述为理想主义和实证主义的空虚。在没有神的世界上,实证主义的空虚并不妨碍诗人从空虚中抽身退步转入对个体生命的思考,而理想主义的空虚则会产生一种比空虚更紧张的白热乌托邦倾向。乌托邦的本质是激情的,火焰,天空,歌唱。

置身于乌托邦话语的风暴中,中国先锋诗歌必然始终与激情为伴。这种激情,有时也表现为吁求大自然的温抚和先民智慧的光照,或表现为向暧昧不明的道义祈祷。诗人们在激情的深渊中漫游,他们必须承受没有可靠源头的、沉沦自身的危险，无畏地展现道德形而上学和浪漫主义的赤诚之心。现代诗的发轫集团——受火山燃灼般挣扎的食指及追随者同仁——最先接过了屈原的士的“比德”传统，一系列耳目错置的私设象征，从根本上具有激情化的等次关系：善与恶、真与假、美与丑、灵与肉、有与无、精神与物质、秩序与混乱、整体与个人……其中前一项始终是首位、本质、核心的，后一项则是负面、边缘、逸出的。“朦胧诗”的激情模式，影响了后一代新新顿起的诗人。他们用更放阔、高蹈、绝望的引吭，使中国先锋诗歌更充分地体现出跨文化语境的东方现代诗性质。

这种富于类“清教”气息的诗歌话语，即使是在昭现启示录般的燎烈哲思时，依然充满纯洁。诗人们或许很想像苏克·阿赫拉斯诞生的圣者奥古斯丁（Augustinus）那样呼告：“真理呵，我心的光明，希望不是我内心的黑暗在对我讲话！我向着黑暗漂流，为黑暗所笼罩，但在黑暗之中，即使在黑暗之中，我也热爱你。”但是，无宗教的种族现实中，并没有为诗人们提供宗教感赖以发展的前提，这使得这些浪漫主义才子成为疼痛卓立的“单足人”。最激进的是海子和戈麦，他们以爆发性的自杀，摆脱了本不可能存在的“神性安慰”。诗人之死，并不意味着激情的终结，反之，更加深和扩展了“失乐园”式的激情宣告：浓烈的太阳—火焰—血液联想，更成为乌托邦的驱动力量，一种寻找“王”“黄金时代”“源始统一”“种族幻象”的后浪漫主义诗潮，轰轰烈烈地加入了海子式的神圣文本系谱。

激情一词，不只是在其写作方式上，而是在其生命方式的意义上，被我使用的。它是一种古老的无限度，某一类中国诗人和生存交手的命运。无论什么东西都难以导致中国先锋诗人对激情的放弃，因为激情本身就是诗人放弃一切东西的结果。

希望的诗学

如水的岁月在素歌中流逝……它排空幻象的泡沫，使曜石站稳。他垮掉的身体还在写作中损耗。不，不再是那些凄迷的言辞，他热爱在火焰和冰凌中轮回的精神。对于希望的诗学的逡巡者，光明的词语是其恰如其分的财富。

灯盏。思想。噬心和喜悦的隐喻。他说，在变血为墨迹的阵痛中，生命的“穹顶”同样会铺展得澄澈而宽和……

即使在最高形式的虚构中，魂灵，你也要随这时代罕有的良心掀动，继承先驱者的事业，像他那样，保持“希望的诗学”的心情！站在陡来的雪暴中，请让灵魂学会像他那样镇定，让你最终写出万顷悲风中愀然而对抗的诗章——从绝壁到母语，让你拒绝踏空。

先驱者淳朴结实的诗句，拉弯世纪的狂飙，在广阔的北方歌赞！冻土上垦殖的沃野，你已看到玉米裹着金子旋转——他冻裂的心抛散出光芒，这使你坚信，诗歌虽高于荒秽，但不能放弃对罪孽的审判。

在生活贫穷和精神困境中，谁坚持用丰饶的语言撞开清醒的道路？火焰，元素之王永恒的舞蹈，像他有力的肺叶，在煽起，在引路，在拍打着一代人的良心！

现在，他已登上语言的“穹顶”，现在，他已站在黎明的旁边。他生命的册页在微微抖索，像诗歌的叶脉在祖国晨空伸展……

他笨拙地，学不会与市侩和解，在沼泽地支起了诗歌的铁砧。你看，狂风吹空了炉火，铁锤折断了臂弯，在寒冽中老铁匠宽阔的右肩依然在扑腾，锻击着他炉火纯青的诗，苦难，诚实和希望……

语言的缺席

某年深秋，我在太行山深处的一个贫瘠小村写计划中的一组诗《四种元素王族的舞蹈》。这儿是我朋友的故乡。每天黄昏，我都要攀到峭拔的山巅，仿佛由母语的中心开始，一步一步临近危险的边缘。北方滞缓的日落，被西风卷刮成模糊的一片。天空中阵阵彤云，与漫山的红叶在我灵魂中交汇。持久的攀缘，使我皮鞋的边缘变得破旧，山间尖啸的岚气，涤漱着我谦卑的胸膛。一切都遥远了，沉睡了，北方的落日庄严地展开着，我待的地方，是诗歌铺成烈焰和鲜血卷宗的地方。

自然的晚祷开始了——我仿佛听到天空铜钟缭绕……大化流行，生生不息，在我们一闪的生命中，诗歌乃是这苍凉与高歌的部分，是死亡之岸可能的救赎和祈祷。面对这一切，我的手哆嗦着，我放弃了写作。我知道词语的背叛开始了。如果我勉强写下这组诗，在我的生命中，将永远被这壮硕的日落杀死。

有时，语言的缺席，是否可以保持生命体验的在场？

“诗歌，也可以意味着”……

漫长的，太漫长的“话语斜坡”，该结束了。

一定会有读者说：你这里所论的“诗歌”概念，是否太庄严、太深刻、太哲学、太社会历史了，这不是诗歌的常态。

我承认这一点。写作此篇札记时，我很清楚自己采取的就是从哲性诗学视角，来命名现代诗作为“交往行为”的合理性。更重要的是，我愿意认同这样的诗歌眼光——

“‘诗歌’可以意指：一般而言的诗歌，适合于世界文学中全部诗歌文体的概念。但是，‘诗歌’也可以意味着：那种别具一格的诗歌，其标志是只有它才命运性地与我们相关涉。因为它诗意地表达出我们本身，诗意地表达出我们处身于其中的命运——无论我们是否知晓这种命运，无论我们是否做好了准备去应对这种命运。”（海德格尔《荷尔德林诗的阐释》）

后 记 一

某日，终于完成一项“科研任务”，写得倒不艰难，但是整个漫长的过程十分无趣，令人头大。发走书稿，如释重负。正想自我庆祝一下，找个冷餐店，“哈根达斯”吃到嗨呢，手机响了。是诗评家沈奇兄。说是他正策划一套书，约我加盟，问我最近有没有时间。

我的头刚要“小”下来，一听又大了，还没够，还写什么书?! 沈奇说:“兄弟先莫嚷嚷，你一准儿喜欢。是一套新诗话丛书。刚看了你的诗话随笔《话语斜坡》《蓝皮笔记本》，知道你有些这类存货，我要的就是这样的东西。”

我一听，乐了，忙说:“没问题，我接单、接单。”放下电话，也顾不上哈根达斯了，立马翻找自己发表过的诗话，再自我欣赏一番。你瞧，同样是写作，一种教我厌倦，觉得苦;一种教我欣喜，感到甜。谈诗的文字，不能像哈根达斯那般清爽香甜让人喜悦，那又算什么够味的“诗”评?

不只是喜悦。我写诗已经三十多年了，再不灵，对创造的细节也有不少了解吧。本人同时从事诗歌理论批评，算是资深诗评家。双重身份的我，有把握地说，那种特别学术化的诗歌研究，对学术发展本身，对学术共同体成员间彼此的交流，会有助益。至于谈到是否能对诗歌创造的细节显幽烛隐，对习诗者、品诗者是否有切实的启发，我以为，高头讲章式的诗学理论其实基本没用。对他们最实用、最有意趣的，还是那些斫轮老手笔下真正“有话要说”，且说到了点子上的精短诗话。

咱们老祖先早就悟到了这一点。照说，中国的史撰传统源远流长，世上头等发达，可面对诗歌，中国第一部诗史却直到20世纪30年代才问世(陆侃如、冯沅君《中国诗史》)。为什么面对诗歌，咱祖先偏不著史，更不系统地“论衡”呢？有分教，诗者，吟咏情性也，它不是硬撅撅的事儿嘛。

我从青年时代就迷恋祖先笔下那些高妙、快放的诗话，至今兴趣未减。外出旅行，经常还会揣一本诗话词话，看着高兴。随便举出，《诗品》《诗式》《二十四诗品》《沧浪诗话》《白石诗说》《六一诗话》《诗人玉屑》《苕溪渔隐丛话》《原诗》《随园诗话》《人间词话》，如此等等，曾给我带来过多少真正的启示和欢乐啊！

画龙点睛，点到即止，直取机心，浑然不封，不仅是为诗之道，又何尝不是谈诗之道呢？而且还不是小道。于是，多年以来，我也写了不少散朗、轻逸、“有话要说”的现代诗话，记下不少个人习诗、读诗的心得。曾分别以《塑料骑士如是说》《笔随心走》《话语斜坡》《蓝皮笔记本》《讽喻的织体》《诗与思札记》等为总题，集束发表。它们无须体系撑腰，何赖学院壮胆，当是有感而发，要言不烦，释放性情，带着热气。许多朋友说，这类文章才“有趣味，有用”。而我，也从此类写作中获得了新的动力和真正的快乐。

我既忝列学者，又一直在高校工作，经常不免要写些中规中矩的供圈子里交流的学术文章和著作。但那个“内在的我”，其实是个诗人，注定对那种讲坛森严、城堡傲立的学院作风心存厌倦。天哪，特别是对我看到的有些人，为了保障学理上的“自洽”，而蛮横地无视或篡改研究对象（诗歌、诗人）的性质，厌倦更深。即使“内行”如我，在那些由所谓“体系”“学理”“行规”制导下的文章、著作里，心灵的真实体验和奇思异想也往往被勾出了页边。——可说到底，诗歌批评的一个主要目的，不就是作者对诗的艺术别有会心，本真心灵被打动后的诉说与谛听吗？读我这等学术文章，读者仰得脖颈儿酸，殊不知作者也俯得脖颈儿酸呢。

于是，我便常常从“城堡”里溜出来，只要有用有趣，怎么都行，无拘无束地在诗的原野上游牧，“逐水草而居”，专找鲜嫩的草儿下嘴（下笔）。诗话，便是我私心偏爱的游牧性的文体。它篇幅短小，却既有纤敏的个人感受，又需要尖新的见识；既有对阐释对象性质的敏锐指认，又有个人想象力翱翔的天地；既使用简隽、精到的判断，又容留了诗歌神秘的不确定性。多年前，我曾出过一本名曰《游荡者说》的书，眼下又有了这本《诗野游牧》。

法国思想家德勒兹也曾提出过做精神/话语的“游牧人”的概念。他吁请人文知识分子，特别是艺术批评家，起来反抗，至少是逃离整体主义、本质主义的精神等级制的表述。寻求差异性、局部性、偶然性、无政府状态的表意策略，像是一场自由的“游牧”，开阔、流荡、丰富、散逸而鲜润。在我看来，“游牧”式言说，既是一种特殊的创造性写作，其实也是一种特殊的认知世界的“思想方法”。

我不是否弃理论家对诗歌的“学理性”深研，因为它是理论家的“天职”，并出现了众多精彩的著述。我想说的是，我们要警惕，诗学若只求“学理”“体系”的自洽，而不管艺术创造的特殊本质，总想把复杂的诗歌艺术简化为一套貌似有力的理论逻辑，而一旦这套简明的理论逻辑呈现出来之后，诗歌本身的丰富性就不重要了——这肯定是舍本逐末的。君不见一些诗学研究者，总是把复杂的诗歌现象、艺术奥秘进行单一化的理论归纳，上升为本质性的定论。这样，势必带来以下结果：一是把丰富神奇的诗歌艺术现象，进行为我所用的硬性“框套”；再者有更多不能被归纳进他的理论中的，更美妙更关键的诗的肌质、结构秘密，就被当作“剩余物”而排斥在理论“体系”观照之外。对诗来说，这几乎可以算是“犯罪”吧？

这本小册子的构成，既有我以往发表的一些相关文字，也有应沈奇兄之约，专门为此书撰写的。内容分作三辑，排列的顺序大致根据篇章的中心旨趣编定。第一辑“诗艺清话”，主要从纯粹艺术的角度谈现代诗，涉及我以为的写作和欣赏现代诗艺术的诸多重要方面。不事归纳与演绎，少说或不说大而无当的正确的废话，力求悟与思交相引发，只谈自己确有心得的技艺环节，直入腠理，举一反三，进入创造本身。第二辑名唤“片面之词”，倒不是谦虚，而是更多容留个人性情，不避片面性，捍卫反讽的尖锐，笔随心走，专注于真实的“个见”。不少片断，可视为我的“精神隐私”的公开化。如此这般的偏见，芒刺，自我矛盾，淘气，奇想，郁结……争先恐后、坦率地迸涌而出。我个人比较偏爱这两辑。第三辑取名为“话语斜坡”，取名已有形象，其整篇的意味其实已经“呈于象、感于目”，希望读者能“会于心”。你看，在一面“话语的斜坡”上跋涉，需要巨大的精神强力、脚力、耐力，以及对诗歌灵魂修远和高峻感的深心渴慕。能以轻灵笔触，言述较为沉重的话题，是我的愿望。此辑的主要部分系多年前所写，今天看，竟有“回首向来萧瑟处，也无风雨也无晴”之愀然，之淡定……之快意！

罗兰·巴尔特在《批评与真实》一书中揭示过一个有趣的事实，即如今许多有效的批评家也成了“作家”。这个说法可能会使那些所谓“学院派”理论家蹙额，但若是换一种表述，就会看到它骨子里的真确性。按照巴尔特的说法，“作家”不应以他所书写的文体为特征，而只应以某种“言语的自觉性”为特征，他体验到语言的丰富的深度，而不只是它的工具性或美感。以前，批评与创作是被一个古板的神话隔离了，而今天的作家与批评家处于同样缠绕，也很可能是欢愉的写作环境中，挖掘着同一个对象：语言。

我很认同巴尔特的说法。文学批评，特别是诗歌批评，不仅仅要做到“达意”，同时其本身也应作为一种揭示生存和挖掘语言奥秘的创造性的“写作”。而写作，无非是人与语言，在更深更广的维度发生的对话、磋商、交锋、嬉戏。对自觉的写作者而言，人与语言的关系，比人与文体的关系更致命，更有难度，更紧张。不是恪守文体的界限，而是探询话语的边界，挖掘人与生存之间真正临界点和真正困境的语言，才构成有创造力、有摩擦感的写作向度。诗歌批评家，不但应有对诗歌之美和精神自由的深邃揭示，最好自身也具备能动而自由的话语播撒能力和魅力。对诗话写作而言，“语体”的界限其实并不重要，重要的是，能够自如地越界穿逐，用自由多样的个人化语言方式，来充分表达自己对诗歌语言秘密，对人性秘密，对生存、生命、自然、历史、文化……电光石火般的真切的感受与思考。

对于理想的文学批评，福柯在《权力的眼睛》中有一段话令我会心，不妨抄下，为这篇后记作结："我忍不住梦想一种批评，这种批评不会努力去评判，而是给一部作品、一本书、一个句子、一种思想带来生命。它把火点燃，观察青草的生长，聆听风的声音，在微风中接住海面的泡沫，再把它揉碎。它增加存在的符号，而不是去评判。它召唤这些存在的符号，把它们从沉睡中唤醒。有时候它也把它们创造出来——那样会更好。我喜欢批评能迸发出想象的火花。它不应该是穿着红袍的君主。它应该挟着风暴和闪电。"

陈　超

2014 年 4 月 3 日

后 记 二

本套“当代新诗话”丛书，以内化现代、外师古典、融会中西、重构传统为理念，精选当代中国新诗界、新诗诗学界著名学者、诗人、诗学家、诗歌批评家“独得之秘”的“诗话”专著，予以集约性经典展现，以填补海内外当代新诗话出版空白，进而促进现代汉语诗话之研究，现代诗学之发展，及相关学科研究方向与视野的扩展，实现其独特学术价值。同时，也为广大诗歌与文学研究者和爱好者，提供一份别具参考意义与阅读趣味的特色文本。

新诗发煌，耀耀百年。其创作，其研究，皆因“与时俱进”切切而日趋显学之势。及至新世纪以来，各种新诗选本及新诗理论与批评文集，层出不穷，蔚为大观，唯新诗诗话的研究、发掘、梳理与出版，一直荒疏忽视，付之阙如。

汉语“诗话”，向来为汉语诗学、汉语美学之津梁，也是唯汉语世界独有的一种文学艺术批评话语方式。而无论诗界学界，大概不乏认同，百年汉语诗学由传统向现代演进中，仅以影响深广而言，迄今为止，王国维先生的《人间词话》仍为翘楚，一时罕有超越者。此中学理之辩不免纷多，而其隐约一点，或与取道袭古弥新之“诗话”为体不无关系。

作为撬开汉语新文学大门并深刻影响现当代中国文学进程的新诗与新诗诗学，百年激荡，渐趋水静流深，并受时代文化语境嬗变之影响，也开始由一味复制西方诗学体系转而再造汉语诗学传统，先后出现了一批避开普泛诗歌理论与批评论著模式，转以随笔体、断章体、语录体、诗体等“新诗话”形式，对当代中国诗歌美学景观和精神谱系，做另类文体解读的重要文本。

故，值此新诗百年节点，编选出版“当代新诗话”丛书，既填补历史之缺憾，又经营目前之务实，可谓“当春乃发生”之跃跃其时。

本丛书第一套遴选，出于郑重也有赖机缘，先行约得四家诗话：著名学者、诗人、诗学家、翻译家、中国符号学开山泰斗、四川大学文学与新闻学院赵毅衡教授撰写的《断无不可解之理》；当代中国最富原创性和影响力的诗人、作家、诗学家、云南师范大学文学院于坚教授撰写的《为世界文身》；诗人、诗学家、诗歌批评家、河北师范大学中文系陈超教授撰写的《诗野游牧》；诗人、诗学家、诗歌评论家、海南大学人文传播学院耿占春教授撰写的《退藏于密》。四位作者，虽分处南北东西，却拥有可称之为“诗人学者”这一共同背景。学院、学养、学理之外，更有丰富诗歌创作经验与诗学著述经验筑基，艺术感觉明锐，审美趣味独到，问题意识深切，个人风格显豁，而多有独辟蹊径、卓然高致之风范。其书稿，体例风格不求一统，或以诗话形式原创专著，或由原有著述辑录结集，承正脉而别开一界，或可于发端伊始，得多元并举、多彩纷呈之势，以兼求证与鼓舞之效。

作为本丛书策划及主编，甘冒“失格”之嫌，自呈《无核之云》忝列其中，一则不乏前例遮脸，二者拙著本身确系多年潜心探究之得，算得自成一家，无损编选宗旨。尤其能与四位知己道友联袂而行，成此佳话，更是不舍割让，由不得乘便自举了。

策划并主编“当代新诗话”丛书，系编者耿耿在心的半生夙愿。是故，此一动议未果前，遂先行于上世纪 80 年代末及 90 年代初，精心摘辑编选两部语录体式的《西方诗论精华》和《台湾诗论精华》，分别由花城出版社和陕西人民教育出版社出版发行，获诗界学界广泛激赏，至今不乏专信寻求者。之后又乘兴于 1996 年编选一部《诗是什么——二十世纪中国诗人如是说》（当代大陆卷），以每人十句话形式，征集辑录活跃于当代中国大陆新诗界的老中青三代四十四位诗人之精华诗学论断四百余条，其中绝大部分均由入选者应编选要求专门撰写，弥足珍贵。惜成书由台湾尔雅出版社出版后，一直未能有机会在大陆出版，每每遗憾。

如此苦心铺垫，寂寞以求，终得陕西人民教育出版社田和平先生倾力支持，并有幸获得杨匡汉先生的先期指导和几位同道师友的热忱参与，圆此盛举，在此一并深致谢意！

丛书即将付梓之时，传来陈超尊兄不幸逝世的噩耗，痛心疾首！而其诗话专著《诗野游牧》，也便成了这位对中国当代诗歌与诗学做出杰出贡献的诗人学者的“绝响”之作——“文章千古事”“留得身后名”。斯人远去，遗书传世，愿读者珍惜，诗界珍重！

最后，深心希望本套丛书出版后，能得到读者和学界的青睐与指正。尤其期待的是，能有更多同道师友接力赐稿，再续佳话，以求此系列丛书的编选出版成为当代中国新诗诗学别开一界而影响深远的历史谱系。

沈 奇

2014 年 12 月于西安